KB121963

로크미디어가
유혹하는
재미있는 세상

ROK
MEDIA
로크미디어

이것이 법이다

이것이 법이다 141

2022년 8월 5일 초판 1쇄 인쇄
2022년 8월 10일 초판 1쇄 발행

지은이 자카예프
발행인 김정수 강준규

기획 이기헌 왕소현 박경무 강민구 조익현
책임편집 최전경
마케팅지원 이원선

발행처 (주)로크미디어
출판등록 2003년 3월 24일
주소 서울시 마포구 성암로 330 DMC첨단산업센터 318호
Tel (02)3273-5135 **편집** 070-7863-8592 Fax (02)3273-5134
홈페이지 rokmedia.com **E-mail** rokmedia@empas.com

ⓒ 자카예프, 2015

값 8,000원

ISBN 979-11-354-7355-5 (141권)
ISBN 979-11-255-9575-5 04810 (세트)

이것이 법이다

141

자카예프 장편소설

로크미디어

CONTENTS

대국민 감시 시스템이냐

　유민택은 보고를 듣고는 다시 한번 되물었다.

　"그 말이 사실인가? 잘못 안 게 아니라 진짜로 사람이 붙은 건가?"

　"확실합니다. 정체를 알 수 없는 무리가 최준태 박사를 따라다닙니다. 저희 보안실에서 이미 확인해 봤습니다."

　"최준태 박사는 뭐라고 하던가?"

　"자신은 절대로 엉뚱한 짓은 하지 않았다고 합니다."

　"하긴, 최준태 박사라면 내가 알 정도로 일중독인 사람이니까."

　한 기업의 총수인 유민택이 기억하는 존재라는 것은 그만큼 가치가 있는 사람이라는 의미였다.

그리고 대룡연구소의 최준태 박사는 유민택이 기억하는 극소수의 연구원 중 한 명이었다.

해외파 연구자였던 최준태를 스카우트하라고 한 게 유민택이었다.

그 후 그가 대룡연구소에서 이룩한 수많은 연구는 대룡의 성장에 큰 도움을 주었다.

"요 근래에 최준태 박사가 연구 중인 게 뭐였지?"

"3진법 기반 반도체 칩입니다."

"3진법 기반 반도체 칩? 그게 뭔가?"

"인류 역사에서 모든 컴퓨터는 2진법을 써 왔습니다. 하지만 얼마 전 3진법이 개발되었지요. 업계에서는 그 가능성이 어마어마하다고 보고 있습니다."

컴퓨터의 언어는 2진법이다.

0과 1, 예와 아니요라는 단순한 구조로 판단하다 보니 계산이 아주 빠르게 진행되어 인간이 계산할 수 있는 한계를 월등히 뛰어넘는다.

"하지만 3진법은 새로운 시대를 열 시스템입니다."

0과 1뿐만 아니라 2도 쓸 수 있다는 것은 모든 전자 기기의 성능을 어마어마하게 끌어낼 수 있는 혁명이나 다름없었다.

"이해하기 쉽게 비유하자면, 지금 회장님이 들고 있는 크기의 스마트폰으로 캐드용 컴퓨터 수준의 성능을 끌어낼 수 있는 가능성을 가지고 있습니다."

"혁신이로군."

스마트폰 그 자체만으로도 혁신인데, 3진법 칩은 그 성능을 또다시 어마어마하게 끌어올릴 수 있다는 것이다.

"그걸 연구하는 건?"

"사실상 전 세계가 연구 중입니다. 차세대 칩이 될 테니까요. 만일 우리가 3진법 칩을 개발하는 데 성공한다면 사실상 다음 세대의 반도체를 독점할 수 있게 됩니다."

그 말에 유민택은 눈을 찡그렸다.

"우리가 반도체를 안 하는 건 알고 있나, 김 비서?"

"알고 말씀드리는 겁니다. 우리가 공장을 세워도 되고, 그 특허권을 가지고 타 기업으로부터 돈을 받아도 됩니다. 아시다시피 반도체 칩은 인공지능과 밀접한 관계가 있습니다. 가령 예와 아니요만이 아니라 제3의 가능성을 판단할 수 있게 되면, 단순 계산으로도 수십 배 이상 속도가 빨라지게 됩니다."

당장 컴퓨터만 이야기하는 게 아니다.

요즘은 대부분의 전자 제품에 반도체가 들어간다.

냉장고, 세탁기, 에어컨까지 외부에서 조종이 가능하다.

"당장 비행기도 그렇고, 자율 주행 자동차의 경우는 그 처리 속도가 어마어마해질 겁니다. 당연히 안전성은 더 좋아질 테고요. 다른 걸 다 포기해도, 스마트폰에 3진법 칩을 넣는다면 그 수요는 어마어마해질 겁니다."

"우리의 연구 성과는?"

"모든 관련 기업이 기밀로 삼기에 확실하게 알 수는 없습니다만 저희 추측으로는 최상위권에 들어간다고 판단하고 있습니다."

"그리고 그 핵심 인력이 최준태 박사겠군."

"그렇습니다."

"흠."

최준태 박사는 진짜 핵심 인력이다. 절대 안전을 보장해야 하는 사람.

"어디에서 붙었는지 알 수 있나?"

"확실하지 않습니다. 하지만 행동만 보면 경험이 많은 놈들로 판단됩니다."

"확실한가?"

"우리 보안 요원들이 확인한 겁니다. 처음에 알아본 것도 그들이었고 말입니다."

대룡의 보안 요원들은 감시자를 알아보는 훈련도 받는다.

그래서 알아봤다는 거다.

그 말은, 일반인인 최준태 박사는 그런 놈들이 따라다니는 걸 몰랐다는 거다.

"그리고 저희가 확인한 바에 따르면 따라다니는 사람이 최준태 박사만은 아닙니다."

"그게 무슨 말이지?"

"최준태 박사의 가족에게도 감시자가 붙었다고 합니다.

만일에 대비해서 집 앞으로 보안 팀이 찾아갔는데 거기에서 수상한 거동의 남자들을 발견했답니다."

유민택은 그 말을 심각하게 받아들였다.

최준태뿐만 아니라 가족에게까지 누군가 사람을 붙였다라……

"경찰에 신고는?"

"경찰에서는 미행했다는 확실한 증거가 있기 전에는 움직일 수 없답니다."

"망할 경찰 놈들. 일하기 싫어서 그러지."

이런 경우, 대부분이 기업 간의 분쟁인지라 사이에 끼어서 처맞는 일이 많다 보니 온갖 핑계를 대며 일하지 않으려 하는 경향이 컸다.

"최준태 가족들을 모두 호텔로 옮기게. 연구소의 보안은 올리고."

"알겠습니다. 회장님."

"그리고 노형진 변호사를 불러 주게."

"노 변호사님을요?"

"이런 일을 처리하기에는 노형진이 제격이니까. 상대방이 누구든 간에 말일세."

유민택은 심각한 얼굴로 말했다.

"이건 전쟁이야."

"흠."

"자네 생각은 어떤가?"

"확실히 심각한 상황이네요."

노형진은 미래에 살다 왔다.

그래서 3진법 컴퓨터의 어마어마한 성능에 대해 알고 있다.

물론 그게 바로 상용화되지는 않는다.

3진법으로 처리할 수 있는 반도체 소자, 회로 기술이 개발된 거지, 그걸 반도체로 만드는 건 전혀 다른 문제니까.

하지만 상용화된 3진법의 극초반기만을 살고 왔음에도 불구하고 그 성능 차이는 어마어마했다.

'그때는 그걸 이끌어 가는 기업이 미국계 기업이었지, 아마?'

그의 기억이 맞다면 말이다.

사실 노형진이 정확하게 기억하지 못해서 그렇지, 원래 역사에서 최준태가 3진법 반도체 개발에 성공한 곳은 미국계 기업으로, 그 기업이 전 세계 반도체 시장을 싹쓸이해 버렸다.

그래서 전 세계 반도체 시장을 점유하고 있던 한국은 졸지에 10% 미만으로 점유율이 떨어지게 된다.

그나마 아예 망하지 않은 건 3진법 반도체가 이 2진법 반도체보다 훨씬 가격이 비싸서 고성능 제품에만 사용되었기 때문이다.

"그들이 누군지는 잡아서 물어보면 되는 거 아닙니까?"

"그러고 싶네만 아무래도 기업의 일이다 보니 문제인 거야. 하지만 무시할 수는 없네. 그 사실을 최준태 박사에게 말하고 가족들과 함께 호텔로 옮기게 했는데 그놈들이 거기까지 따라온 모양이더군."

"거기까지요?"

"그래."

"최악의 경우 납치도 생각해 볼 수 있는 일이군요."

"그래서 우리도 고민 중일세. 계속 호텔에 붙잡아 둘 수도 없는 일 아닌가? 지금이야 방학 중이니 그렇다고 쳐도 개학하게 되면 자녀들도 학교에 가야 하는데 말이지."

납치를 통해 정보를 빼내는 경우는 상당히 많았고, 그런 경우에는 피해자가 어쩔 수 없이 정보를 건네야 했다.

그러지 않으면 가족들의 안위가 불확실해지기 때문이다.

"최선의 가능성을 생각해도 최준태 박사는 다른 곳으로 이직하게 될 테고 최악의 경우 정말 납치까지 벌어질 수 있겠지."

"흠……"

"기업 간의 경쟁은 치열하네. 상대방에게 치명타를 먹일 수 있다면 얼마든지 가능성이 있는 일이야. 특히 반대쪽 기업들이 부도덕한 성향이 강하면 말이지. 우리가 왜 우리 연구자들의 중국 여행을 금지하는데? 실제로 비슷한 일이 있었기 때문이야."

"비슷한 일요?"

"국제분쟁이 될 수도 있는지라 알려지지 않았을 뿐이지."

한국은 전 세계에서 방위산업이 가장 발달한 나라 중 하나다.

그런데 한국의 무기 연구자 중 한 명이 가족과 중국에 여행 중일 때, 일단의 집단이 그를 납치하려고 한 적이 있었다.

다행히 그 당시에 그가 주요 국가 기밀을 알고 있는 사람이라고 판단한 정부에서 몰래 보낸 경호원들이 총격전까지 벌여 가며 보호한 덕에 무사했다고 한다.

"그런 일이 있었습니까?"

"국제분쟁 요소니까. 물론 중국에서는 말도 안 되는 황당한 주장을 했지만 말일세."

중국은 조사 결과 그들이 그 지역을 지배하는 범죄 조직원이었다고 발표했지만, 범죄 조직원이 권총까지 동원해서 단순 한국 관광객들을 납치하려 들 리가 없지 않은가?

더군다나 그 당시 교전을 벌인 경호원들은 그들의 사격 실력이나 은폐나 엄폐 실력을 보면 훈련받은 사람들이 확실하다고 했다.

"그 이후로 주요 연구원들의 중국 여행이 극도로 제한되었다네. 그 사실을 외부에 공표하면 국제분쟁이 일어날 게 뻔하니 이야기를 못 할 뿐이지. 공식 행사에 갈 때도 경호원을 대동하고 간다네."

"허, 그 정도로……."

이것이 병이다

"그러니 내가 걱정하는 거야. 아무래도 그들이 모습을 보이는 공간이 공공장소라서 현실적으로 문제가 된다네."

공공장소이다 보니 그들이 움직이는 것은 합법이다. 대한민국에는 이동의 자유가 있다.

그래서 그 장소가 공공장소라면 경찰은 어쩔 수가 없다.

대표적인 예가 바로 고속도로 휴게소의 잡상인들이었다.

지금이야 그 상인들과 협상해서 안으로 들였지만 과거에는 상인들이 고속도로의 주차장 하나를 점거하고 상행위를 하기도 했는데, 법률상 그 주차장은 공공재로 분류되기 때문에 경찰이나 휴게소에서 손대지 못했었다.

"그렇다고 우리가 그들을 무단으로 체포할 수는 없는 노릇 아닌가?"

"하긴, 그건 그렇습니다."

대기업이 개인을 무단으로 억류하는 행위는 법률적으로 상당히 심각한 문제가 될 수 있다.

물론 그런 짓을 하는 대기업들이 종종 있다.

명백하게 납치나 감금에 들어가지만, 그런 기업들은 돈으로 덮을 수 있으니까 그러는 거다.

"하지만 대룡은 그러면 안 되죠."

대룡은 선하고 바른 이미지를 가진 기업.

그런 기업이 그런 짓을 하면 반동이 거세게 올 수밖에 없다.

나쁜 놈이 나쁜 짓을 하는 거야 당연하지만 착한 사람이

화 한번 내면 그렇게 안 봤다는 둥 사람이 바뀌었다는 둥 천하의 패륜아 취급을 하는 게 인심이다.

"어쨌든 그들을 잡긴 해야 하는데 마땅한 방법이 없네. 그래서 자네를 부른 거고."

물론 미행이 처벌되기는 한다. 하지만 중범죄가 아닌 경범죄 처벌법 제3조에 따라 처벌이 이루어진다.

즉, 그들을 제대로 처벌해서 접근을 막을 방법이 없다는 소리다.

"그렇다고 해서 그냥 둘 수는 없는 노릇 아닌가?"

"흠, 방법이 없는 건 아니죠."

"방법이 없는 건 아니라니?"

"무단 침입으로 체포할 수는 있겠지요."

"무단 침입? 농담하나? 공공의 장소에서만 모습을 드러낸다니까."

"물론 그렇습니다. 하지만 모든 장소가 다 그런 건 아니죠."

"무슨 말인가?"

"오픈된 장소이다 보니 접근이 용이해서 사람들이 공공장소라고 착각하는 곳도 있습니다."

대표적인 예가 바로 오픈된 빌라 등의 복도다.

경비원도, 보안장치도 없는 오래된 빌라의 경우는 원하면 누구든지 들어갈 수 있다.

하지만 법률상 해석에 따르면 그런 곳은 해당 빌라의 거주

자들을 위한 공간으로, 외부인이 들어가는 경우에는 주거침
입이 인정된다.

"그런 곳으로 유인해서 체포하죠."

"하지만 오래는 못 둘 텐데?"

"잡아 두는 시간은 문제가 안 됩니다. 그놈들의 신상만 알
아낼 수 있다면 뒤에 누가 있는지 어렵지 않게 알아낼 수 있
을 테니까요."

그 말에 유민택은 고개를 끄덕거렸다.

"하지만 그런 마땅한 장소가 있나?"

"제가 아는 곳이 한 군데 있습니다."

"아는 곳?"

"네, 별장입니다."

사람이 없는 곳에서 조용히 쉬기를 원한 집주인이 지은 별
장이다. 그렇다 보니 위치가 영 안 좋았다.

"입구에서부터 그 별장까지가 모두 땅 주인 소유입니다.
그래서 사유지라고 생각하기 어려운 곳이 많아 사람들에게
쉽게 침범당하죠."

하지만 땅 주인은 그다지 신경 쓰지 않았다.

애초에 별장에 방문하려는 의도가 아니라면 그 땅 깊숙이
들어올 일도 없거니와, 종종 약초를 캐는 주민들이 들어와도
어차피 자신이 약초나 버섯을 캐서 먹고살 것도 아닌지라 좋
은 게 좋은 거라고 그냥 웃으면서 뭐 좀 나왔느냐고 묻는 정

도로 대했다.

"하지만 엄밀하게 말하면 거기는 사유지입니다."

그리고 최준태를 쫓는 사람들이 그 사유지를 무단으로 침범한다면?

"현장에서 체포할 수 있겠군."

"맞습니다."

"바로 빌릴 수 있나?"

"어렵지 않을 겁니다. 그곳을 빌려 두도록 하지요."

그렇게 말한 노형진은 바로 자리에서 일어났다.

"회장님도 그 동네 경찰에게 슬쩍 운을 떼어 두시는 게 좋을 겁니다."

"응? 어째서 말인가?"

"거기는 시골 경찰입니다. 여기처럼 눈치가 빠르지는 않지요."

여기 경찰들은 연구소 직원에게 누군가 붙었다고 하자마자 무슨 일인지 대충 알아채고는 바로 모른 척하는 쪽으로 돌아섰다.

"하지만 스토커라고 하면 이야기가 달라지지요."

"스토커?"

"네, 최준태 박사님에게 고등학생 따님이 한 분 있다고 하셨잖습니까?"

"아, 그렇기는 하지. 이해가 가네."

산업스파이니 어쩌니 하는 식으로 이야기하면 그쪽도 귀찮아하거나 겁먹어서 뒤로 빠질지도 모른다.

하지만 스토커가 있다고 하면 굳이 뒤로 내뺄 이유가 없다.

"애초에 스토커인지 산업스파이인지는 알 수가 없는 일이니까요."

"자네는 여전하구먼."

"그냥 당할 수는 없지 않습니까?"

노형진은 자신 있게 웃으며 말했다.

"예약해 두겠습니다. 최준태 박사님한테 시간 좀 내 달라고 하세요."

"그건 내가 강제로 휴가를 줘서라도 내겠네. 잘 부탁하네."

유민택의 말에 노형진은 고개를 끄덕거렸다.

"걱정하지 마십시오. 확실하게 처리할 테니까요."

⚖️

며칠 후 최준태는 불안한 얼굴로 운전을 하고 있었다.

"아빠, 안전한 거 맞아요?"

"그래."

"그 미친놈들이 아직도 따라오는 것 같은데요."

그렇게 말하면서 아들은 고개를 돌려서 자신들을 따라오는 차량을 바라보았다.

"감출 생각도 없다는 거겠지."

호텔로 숙소를 옮겼는데도 따라올 정도라면 걸려도 그만이라는 소리다.

"산업스파이치고는 이상하네."

아들의 말에 최준태는 말을 아꼈다.

차마 아들에게 그게 더 위험하다고 말할 수는 없었다.

걸려도 그만이라는 식으로 행동하는 것은 최악의 경우 무력을 쓸 것도 각오한 놈들이나 하는 짓거리니까.

"그래도 별일은 없을 거다. 어차피 저 앞에 가고 있는 차량도 있으니까."

사실 저 앞의 여행객처럼 보이는 다른 차량은 경호 차량이다.

그리고 자신들을 따라오는 차량에서 좀 떨어진 채로 따라오는 다른 차량 역시 경호 차량이다.

즉, 비상시에 저들이 자신들을 납치해도 도주는 불가능하다는 소리다.

"그나저나 아버지는 괜찮으세요?"

"나는 괜찮다."

거동이 불편한 최준태의 아버지는 조수석에 앉아서 밖을 바라보다가 말했다.

안전을 위해 온 가족을 데리고 가야 해서 아들과 딸 그리고 와이프는 뒷좌석에, 거동이 불편한 아버지는 앞좌석에 앉아 있었다.

"조금만 참으세요. 거의 다 와 가요."

그렇게 한참을 가서 샛길로 빠져나가자 작은 포장도로가 나왔다. 그 도로를 쭉 타고 달리자 미리 이야기가 되어 있던 별장이 나왔다.

"아이고, 환영합니다."

별장의 주인이 그들을 반겼고, 일행은 바로 안으로 들어갔다.

"감사합니다."

"걱정하지 마세요. 여기는 보안이 철저하니까, 허허허."

"그래도 빌려주시는 게 쉽지 않았을 텐데요."

"별말씀을. 공짜로 빌려드리는 것도 아닌데요, 뭘. 거기다가 카메라도 설치해 준다고 하니 내 입장에서는 완전 고맙지."

단순히 현장에서 잡는 것만으로는 그들의 범죄행위를 증명하기가 힘들기에 그들이 어디에 숨을지 예상하고 가능성이 높은 곳에 카메라를 설치한 상황이었다.

보이지 않게 절묘하게 설치한 카메라 덕분인지 그들은 그곳에 정확하게 차를 대고 숨었고 말이다.

그들은 자신들이 감시받을지도 모른다는 생각은 전혀 하지 않는 건지, 그다지 신경 쓰지도 않고 있었다.

"들어가시죠. 노 변호사가 기다리고 있습니다."

노형진을 만나러 들어간 최준태.

"여기까지 오느라고 고생하셨습니다."

"아닙니다. 그런데 바로 잡는 게 아닙니까?"

"그들의 목적에 대해 알아야 하니까요."

만일 바로 잡는다면 그들은 분명 길을 잘못 들어선 거라고 주장할 게 뻔하다.

"그걸 막기 위해서라도 그들이 오래 머물러 있었다는 증명을 해야 합니다."

그래서 어쩔 수 없이 하룻밤은 여기서 지내야 한다.

"걱정하지 마세요. 별일 없을 겁니다."

이미 집 안에는 보안장치가 쫙 깔려 있고 네 명의 경호원이 경호 대기를 하고 있다.

거기다 노형진도 있고 땅 주인도 있다.

"저쪽 차량에 몇 명이나 있는지는 모르지만, 이들을 모두 제압하지는 못할 테니까 별일 없을 겁니다."

노형진의 말에 최준태는 고개를 끄덕거렸다.

역으로 감시받고 있다는 사실을 아는지 모르는지 그들은 그 자리에서 꼼짝도 하지 않았다.

그리고 다음 날 아침 일찍 노형진은 바로 경찰을 불렀다.

이미 하룻밤을 지냈고 충분한 영상을 확보했기 때문에 그들을 체포하는 건 어렵지 않았다.

똑똑, 문을 두들기자 차창을 내리며 힐끔 밖을 살피는 남자.

"뭡니까?"

"경찰입니다. 잠깐 내리시죠."

"경찰?"

"사유지 불법 침입으로 신고가 들어왔습니다."

"사유지? 여기가 무슨 사유지야? 여기는 그냥 도로 옆인데."

"도로가 있다고 해서 사유지가 아닌 건 아닙니다. 여기 사유지 맞습니다. 내리세요."

그 말에 남자의 얼굴에 당혹감이 피어났다.

그는 주변을 두리번거렸다. 하지만 이내 자신을 에워싸는 사람들을 보고 뭔가 잘못되었다는 사실을 깨달았다.

"당신들 경찰 맞아? 어, 저 새끼들 뭐야?"

"여기 손님의 경호원들입니다. 내리시죠."

남자는 뭔가 고민하는 눈치였다.

그 모습을 빠르게 캐치한 경찰이 허리춤으로 손을 올렸다.

당연히 차 안에 있던 남자의 시선은 그 허리춤에 있는 권총으로 향했다.

"빠져나갈 생각 하지 마시고요. 이미 입구는 다른 차량으로 막혀 있습니다."

"이런."

"천천히 내리세요. 천천히."

경찰의 인도하에 천천히 내리는 남자.

경찰들은 그의 두 팔을 뒤로 넘겨 수갑을 채웠다.

차 안에는 한 사람이 더 있었으나 마찬가지로 저항할 수는 없었다.

"이거 뭐 하는 짓거리야! 이거 인권침해야!"

"그건 경찰서에 가서 이야기합시다."

"아니, 변호사 불러! 변호사!"

몸부림치면서 경찰서로 끌려가는 남자들.

노형진은 그들을 보면서 혀를 끌끌 찼다.

"확실히 최준태 박사님을 노린 게 맞는 것 같은데요."

"역시 그렇군요."

불안한 듯 말하는 최준태.

"하지만 이상하군요."

"네? 뭐가요?"

"분명 누군가를 감시하는 것 자체에는 익숙한 놈들이 맞아요. 그런데 산업스파이치고는 어설픕니다."

"그게 차이가 있나요?"

"있죠."

스파이라는 직업 자체가 자신의 존재를 들켜서는 안 되는 직업이다. 당연히 절대로 튀는 행동을 하지 않는다.

그런데 이들은 그동안 그런 모습을 보여 주지 않았다.

"감시자는 맞는 것 같지만 스파이로는 보이지 않습니다."

"으음?"

"솔직히 그렇지 않습니까? 스파이 짓을 하려는데, 그리고 연구를 빼돌리려는데 이렇게 대놓고 따라다니는 게 무슨 의미가 있는지 모르겠습니다만."

몰래 다가와서 돈을 줄 테니 자료를 달라고 하든가, 아니면 내부자를 통해 빼내려고 하든가, 하다못해 최준태를 스카우트하려고 하는 모습이라도 보여 줬다면 이해하겠는데 어설프게 감시만 한다.

"일단은 경찰서에서 조사해 보면 뭐든 나오겠지요."

노형진은 혀를 끌끌 차며 말했다.

⚖️

"우리는 모른다니까요."

"비박한 것뿐입니다."

"비박? 비박? 너희가 비박을 왜 해, 남의 땅에 가서? 돈이 없어, 뭐가 없어?"

"여기 대한민국 아닙니까, 내가 어딜 가든 내 자유 아니에요?"

"그건 어디까지나 공공장소 기준이지. 거긴 남의 사유지라니까!"

"입구도 열려 있었고, 막는 것도 없었고, 경고도 없더만. 난 몰랐다니까 그러네."

남자들은 뻔뻔하게 나왔다.

그들을 보면서 노형진은 혀를 끌끌 찼다.

"아직 아무것도 못 알아냈습니까?"

"철저하게 부정하고 있습니다. 신원은 대충 알아냈는데

요. 공식적으로는 무직입니다."

경호원 대표로 따라온 대룡의 직원이 짜증스럽게 물었다.

"공식적으로는 무직이라는 게 무슨 뜻입니까?"

"차량에 있는 장비 같은 것만 봐서는 전문적인 감시자들 같아서요."

차량을 조사해 보니 담요와 핫팩, 차량용 냉장고 등 장시간 버티는 데에 도움이 되는 물건들이 있었다고 한다.

"뒷좌석에 있는 아이스박스에는 물을 비롯한 여러 가지 물건들이 있더라고요."

차에 숨은 채 오래 버틸 수 있는 준비가 완비되어 있던 상황.

"그런데 이놈들, 조회해 보니까 무직이에요."

"무직인데 차에서 버틸 만한 물건들이 쌓여 있다……. 이놈들, 흥신소 놈들 아닙니까?"

"그것도 의심했습니다만, 확신할 수는 없습니다."

흥신소에서는 정식 직원으로 올려 두지 못하니 거기에서 일하는 사람들은 전산상 무직으로 나온다.

쌓인 물건들을 보면 흥신소 놈들과 비슷하기도 하고 말이다.

"제가 보기엔 그럴 가능성이 높은 것 같은데. 그런데 그러면 우리 예상과 어긋나지 않습니까? 흥신소에서 산업스파이를 쓰는 놈이 어디 있습니까?"

그 말에 노형진은 고개를 흔들었다.

"그렇게 생각하면 안 됩니다."

"네?"

"흥신소에서 쓰지 말라는 법도 없거니와, 저들이 산업스파이라고 확정된 것도 아니니까요."

"하지만 그게 아니면 이유가……."

"법률에서 제일 조심해야 하는 게 답을 정해 두고 과정을 구하는 겁니다. 답이 정해지면 과정은 사실상 얼마든지 변질될 수 있으니까요."

물론 저들이 산업스파이일 가능성이 높긴 하다.

하지만 그 가능성이 높다고 해서 그들이 진짜 스파이라고 확정할 수는 없다.

"끄응."

"일단 취조해서 뒤에 누가 있는지부터 확인해야겠네요."

"그것도 힘들 것 같습니다."

"네? 어째서요?"

"저 녀석들, 프로입니다. 경찰서에 오자마자 변호사부터 찾고 입을 꾹 다물고 있습니다. 게다가 이미 변호사가 온다고 연락이 왔습니다."

그 말에 노형진은 눈을 찡그렸다.

그러니까 더 의심스럽기는 하다.

변호사를 대기시킬 정도의 여력을 가진 사람이 뒤를 따라다닌다라……

'흠, 그러면 할 수 없지.'

노형진은 취조하는 경찰에게 다가갔다.

"제가 잠시 몇 가지 물어봐도 될까요?"

"네? 그거야 어려운 건 아닙니다만……."

경찰의 동의를 받은 노형진은 취조받고 있는 그들에게 다가갔다.

그리고 그들의 어깨에 손을 올렸다.

"넌 뭐야?"

"피해자 쪽 변호사인 노형진이라고 합니다."

"피해자? 피해를 끼친 적이 없는데 무슨 피해자야?"

"무단으로 집을 침범했으니 피해자가 생긴 겁니다."

"헛소리하지 말고 우리나 풀어 줘. 우리는 모르는 일이니까."

"그래요?"

딱 잡아떼는 남자. 그러나 이미 그의 생각은 노형진에게 읽히고 있었다.

"단도직입적으로 묻겠습니다. 누구를 위해 일합니까?"

"무슨 소리야? 우리는 단순히 거기 풍광이 좋아서 비박한 것뿐이라니까."

남자는 짜증스럽게 말하며 어깨에 놓인 노형진의 손을 쳐내려 했다.

"우리가 거지로 보여? 거 몇 푼 안 되는 벌금 내면 그만인 걸 가지고 지랄하고 자빠졌네."

남자가 얼굴을 찡그리면서 말하는 그때, 그 뒤로 한 사람이 들어왔다.

"더 이상 말하지 마세요."

"누구십니까?"

"이 두 분의 변호사입니다. 지금부터 묵비권을 행사하도록 하겠습니다."

그 순간, 남자로부터 어떤 생각이 노형진에게 흘러들어 왔다.

노형진의 얼굴은 사정없이 일그러졌다.

⚖

"뭐라고?"

유민택은 그 어느 때보다 심각한 얼굴로 물었다.

"마이스터 쪽을 통해 좀 알아봤습니다. 그 두 놈, 두한을 위해 일하더군요."

"두한이라고 했나, 지금?"

"네, 두한이 맞습니다."

"그걸 어떻게…… 아니야. 그쪽 정보력은 대단하니 우리가 모르는 걸 알아냈을 수도 있겠지. 하지만 어째서?"

저들이 두한을 위해 일하리라는 건 생각지도 못한 일이었다.

물론 그게 이상한 일은 아니다.

두한이 합법적으로 올바르게 사업하는 놈들은 아니니까.

"하지만 두한은 이쪽으로 넘어올 여력이 없을 텐데? 그들은 현재 상황에서는 전자 사업을 할 여력이 안 되네. 애초에 전자 쪽이 상당히 작기도 하고."

두한도 전자가 없는 건 아니다.

하지만 규모만 본다면 두한전자는 성화와 싸우기 전의 대룡전자보다도 작다.

그나마도 가전제품은 전혀 없고 공장에서 사용하는 일부 제품들만 제작, 판매하는 게 두한이다.

"두한은 전자 시장에서 극도로 힘이 약하네. 성화전자를 집어삼킨 우리와 비교할 바가 아니지."

"하지만 3진법 반도체의 생산이 가능하다면 상황을 뒤집을 수도 있지 않습니까?"

"그거야 그런데……. 하지만 두한이 바보가 아닌데 그런 일에 저런 놈들을 쓴다고? 저렇게 따라다닌다고 해서 직원이 관련 자료들을 흘리고 다닐 리가 없지 않은가? 그리고 말일세, 3진법 반도체가 완성된 건 아니야. 지금 가지고 간들 막대한 최종 연구비를 두한은 감당 못해. 지금 두한 부채가 얼만데."

그건 틀린 말은 아니다.

두한은 현재 막대한 부채에 허덕이고 있다.

게다가 3진법이 바로 적용되지는 않는다.

단순히 하드웨어적 교체뿐만 아니라 소프트웨어적인 부분 역시 연구되어야 한다.

'내 기억에도 그랬지. 당분간은 무조건 2진법이야.'

노형진이 죽기 얼마 전에야 3진법 반도체가 실제 적용된 상품들이 나오기 시작했었다. 하지만 그나마도 개인용 물건이 아니라 기업용의 고가의 컴퓨터 정도였다.

그때까지 아직도 상당한 시간이 남아 있다.

즉, 앞으로 10년 이상 연구가 진행되어야 3진법 반도체가 실생활에 적용된다는 소리다.

'그러니 지금 강제로 뭔가를 빼 가는 건 말이 안 되기는 해.'

설사 강제로 빼 간다고 해도 애초에 3진법 반도체 기술이라는 것 자체가 세상에 나온 지 채 3년이 안 됐다.

당연히 그 전문가는 극히 드무니, 기술을 빼 간다고 한들 그걸 이해하는 건 전혀 다른 문제다.

설사 몇 년간 공부해서 이해한다고 해도 그걸 연구하는 것도 전혀 다른 문제고.

"그렇다고 해서 이직을 요구하는 것도 아니고……. 차라리 이직을 요구한 거라면 이해라도 하겠는데."

애초에 최준태도 본래는 해외 기업에 있었지만 유민택이 막대한 돈을 주고 스카우트한 것이다.

만일 연구를 원한다면 차라리 유민택처럼 스카우트하는 게 맞다. 스카우트를 하는 경우에는 머릿속에 있는 정보도 자연스럽게 따라오니까.

더군다나 이런 전문가를 스카우트하는 행위에는 회사가 업계의 선구자를 보유한다는 의미도 있다.

사실 거의 없다시피 한 3진법 반도체 전문가가 미래에 가지는 가치는 어마어마하다. 전 세계 어느 곳을 가도 수십억의 연봉을 부를 정도로 말이다.

　"그런데 굳이 따라다니면서 이렇게 적대감을 키운다고? 말이 안 되는데."

　그래서 유민택은 두한일 가능성은 아예 배제하고 있었다.

　"그나마 가능한 건 사성 정도라고 생각했는데."

　현재 한국 반도체 1위이자 세계 반도체 시장의 60% 이상을 차지한 사성은 반도체의 최강자이다.

　유민택의 비서가 선두가 아니라 선두 그룹이라고 표현한 이유가 바로 그거다. 전 세계에서 가장 많은 3진법 전문가가 있는 곳이 바로 사성이니까.

　그리고 그다음이 바로 최준태와 그가 데리고 온 연구자들이 소속된 대룡이다.

　"흠, 역시 여러모로 말이 안 되기는 하지요?"

　"그렇군. 여러모로 말이 안 돼."

　"그러면 차라리 생각을 바꿔 보죠."

　"생각을 바꾸자니?"

　"그놈들을 감시하는 겁니다."

　"감시라고?"

　"그놈들이 두한의 명령으로 일하는 건 알게 되었습니다. 하지만 누구한테 명령을 받는지는 불확실하죠."

시간이 좀 더 있었다면 기억을 읽을 수 있었을지도 모르지만 애석하게도 그럴 시간이 되지 않았다.

그 직전에 손을 쳐 냈기 때문이다.

"하지만 그들이 움직이는 동선을 보면 그들이 누구 아래에서 일하는지 충분히 알 수 있을 겁니다."

"아, 하긴. 누구든 만나기는 하겠군."

"맞습니다."

누구를 만나든 만나서, 명령을 받든 보고를 하든 할 것이다.

물론 전화로 보고할 수도 있겠지만, 최소한 그들이 흥신소 소속이라면 그 흥신소가 어딘지라도 특정할 수 있다.

그리고 그게 가능하다면 그 흥신소가 어디를 위해 일하는지도 알 수 있을 것이다.

"하지만 알지 않겠는가?"

"감시를 잘한다고 해서 자기 추적을 잘 피하는 건 아닙니다. 게임 개발자라고 해서 게임을 잘하는 게 아닌 것처럼요."

더군다나 그들의 행동을 보면 감시 자체가 목적이지 행위가 걸리는 것에 대해서는 그다지 신경 쓰지 않고 있었다.

"알겠네. 하지만 그들을 조사한다고 해서 뭐가 나올지는 모르겠군."

"뭐든 나올 겁니다. 걱정 마세요."

노형진은 확신하고 있었다.

하루가 지나지 않아서 그들은 자연스럽게 석방되었다.

일단 규모가 큰 범죄를 저지른 건 아닌지라 구속영장이 발부되지도 않았고, 조사 결과에 따라 달라지겠지만 기껏해야 벌금이 나오는 정도라는 건 그들도 알고 있는 듯했다.

"뭐 하는 놈들인지 모르겠군."

나온 후 사흘 정도는 그들도 각자의 집에서 조용히 시간을 보냈다. 물론 대룡 측에서는 확실히 그들을 감시하고 있었다.

"그나저나 언제까지 저러고 있을까요?"

"내 경험상 오래 있지는 않을 거야. 벌금이 나오면 그것도 내야 하니까. 그 전에 그 책임에 대해 확실하게 처리해 놔야 하겠지."

그들 말대로 정말로 단순히 풍광이 좋아서 거기서 비박한 거라면 벌금을 스스로 낼 것이다.

하지만 누군가의 명령으로 일한 거라면, 자연스럽게 그 벌금을 그들에게 내 달라고 할 것이다.

그렇게 닷새가 지난 시점에서 그들이 움직이기 시작했다.

"다른 팀에서 움직이기 시작했답니다."

"그래? 확실해?"

"네, 자가용으로 움직이고 있답니다."

"정신 차려. 만일 같이 움직이는 거라면 이쪽도 움직일 테니까."

팀장의 말에 다들 집중했고, 얼마 지나지 않아서 그들이 감시하던 자도 옷을 챙겨 입고 차량을 끌고 밖으로 나왔다.

"확실히 무슨 이야기가 된 모양이군."

멀찌감치 그들이 움직이는 대로 따라가던 팀장은 그들이 시 외곽으로 나가는 걸 확인하고는 혀를 끌끌 찼다.

자신들이 감시받고 있다는 것도 모르는지, 그들은 신나게 달려서 시 외곽의 어느 커피숍으로 들어갔다.

"아무래도 뭔가 켕기는 모양인데?"

그게 아니라면 시내에서 만나면 그만이다. 시내에 커피숍이 없는 것도 아니니까.

그런데 굳이 이렇게 먼 곳까지 온다는 건 뭔가 숨기는 것이 있는 사람들이 종종 하는 행동이었다.

"어떻게 할까요?"

"저쪽 팀에 여직원 하나 있지?"

"네."

"잠깐만."

그는 바로 전화기를 들어서 그쪽과 이야기했다.

"어, 나야. 남자들이 우르르 들어가면 저쪽에서 의심할 가능성이 크잖아. 그러니까, 그쪽에 여직원 하나 있지? 장비도 있어? 좋아. 그러면 여직원이랑 남직원 하나 엮어서 들여보내자."

이런 곳에 가장 많이 오는 사람들은 커플이다. 그러니 이

쪽의 여직원과 남직원을 커플로 꾸며서 들여보내면 의심받지 않고 무엇을 하는지 알아낼 수 있을 것이다.

"이쪽에 지향성마이크가 있으니까 가지고 가서 내부 상황을 기록해 보라고 해. 여기에 있는 차량들은 우리 쪽에서 번호를 확인해서 조회해 볼 테니까."

그렇게 잠시 후 커플로 위장한 두 사람이 커피숍 안으로 들어갔다.

그들은 구석에서 어떤 남자 두 명과 만나고 있었다.

두 사람은 근처에 앉아서 조용히 커피를 마시는 척하면서 지향성마이크를 네 사람 방향으로 향했다.

—그러니까 우리가 걸린 건 그쪽 잘못이잖아.

—아니, 그걸 왜 우리한테 따집니까?

—애초에 계약서에는 우리에게 법률적인 문제가 발생하면 그쪽에서 벌금이나 변호사비를 내는 걸로 되어 있잖아.

—그거야 그런데…….

—얼마 안 나올 거야. 돈도 많은 사람들이 왜 그래?

—맞아. 두한보험쯤 되면 벌금 몇백 정도는 별거 아니잖아?

'두한보험? 여기서 두한보험이 왜 나와?'

직원은 그 말에 자신의 귀를 의심했다.

뜬금없이 두한보험이라니?

—증거는 확실한 겁니까?

—확실해. 그 노친네 짱짱하게 걸어 다닌다니까. 그 당시에 못 걷

는다고 했다면서? 여기 사진이랑 증거.

　―이거 그쪽에다가 말한 건 아니죠?

　―우리가 미쳤나? 우리, 그렇게 어설프게 일하는 사람들 아니야. 걱정하지 마.

　―좋습니다.

　―그나저나 그 새끼들은 뭔데 그렇게 좋은 집을 가지고 있는 거야?

　―빌린 모양이더군요. 우리도 알아봤더니 주소지의 명의가 제3자입니다. 입구 땅부터 그 사람 명의더군요.

　―씨팔, 재수 옴 붙은 거네.

　―뭐, 다음번에는 조심하세요. 그렇게 숲 안쪽 깊숙이 들어가면 안 됩니다.

　―나도 그런 경험은 처음이라…….

　―좋습니다. 그러면 다음 보고는 2주 뒤에 받도록 하죠.

　―뭐? 아직도 증거가 더 필요해?

　―알아보니 대룡의 직원인 것 같더군요. 상부에서는 확실하게 엮기를 바라고 있습니다.

　―뭐, 그런 거야 당연한 거지. 그런데 우리 쪽은 걸려서 안 되니 다른 팀이랑 교대해야겠네.

　그 말에 남자들은 서류를 챙기며 말했다.

　―뭘 하든 마음대로 하세요. 증거만 확실하게 챙겨 오시면 됩니다.

　그들이 나가자 두 감시자도 후다닥 커피를 마시고는 나가 버렸다. 이렇게 커플들이 가득한 커피숍은 불편하기만 했으니까.

그들이 나가고 나자 커플인 척하던 감시 팀 직원들은 이해가 안 간다는 듯 서로를 마주 보다가 조용히 나왔다.

그들이 나왔을 때 한 팀은 이미 떠난 상태였다.

감시자들이 만난 사람들을 확인했으니 그들의 정확한 신분까지 확인하기 위해 따라간 것이다.

"안녕하세요."

"그래, 영주야. 뭐 좀 알아냈어?"

"두한보험이라던데요."

"뭐?"

"두한보험 어쩌고 하던데, 두한보험이 여기서 왜 나오죠?"

"이상하네. 두한보험? 잘못 들은 거 아냐?"

보고를 들은 팀장은 고개를 갸웃했다.

때마침 차량을 조회하러 갔던 직원이 다가왔다.

"팀장님, 뭔가 잘못된 것 같은데요."

"또 뭐가 문제인데?"

"차량들 말입니다, 조회해 보니까 두한보험의 업무용 차량입니다."

"두한보험의 업무용 차량이라고?"

"네."

팀장은 황당하다는 표정으로 그들이 떠나간 방향으로 시선을 돌렸다.

"도대체 무슨 일이 벌어지고 있는 거야?"

만일을 대비한다는 것

"보험? 뜬금없이 웬 보험?"

팀장의 보고를 받은 유민택은 자신의 귀를 의심했다.

"네. 확인해 보니 그들은 두한이기는 한데 두한전자나 연구 쪽과는 전혀 상관없는 두한보험의 직원이었습니다."

"아니, 두한보험이 왜 최준태 박사에게 관심을 가진단 말인가?"

최준태는 전공이 전자지 생명공학이 아니다.

애초에 그쪽과 관련될 이유가 없다.

"일단 돌아오면 자초지종을 들어 봐야지요. 우리도 모르는 거니까요. 그렇잖아도 오는 길에 여기로 와 달라고 이야기는 해 놨습니다."

"일단 나도 들어 보고 좀 생각해 봐야겠군."

아무리 생각해도 최준태가 두한보험과 관련이 있을 이유가 없었다.

잠시 후 비서는 안으로 들어와 최준태 박사의 도착을 알렸다. 최준태는 비서의 안내를 받으면서 안으로 들어왔다.

"박사님, 바쁘신데 죄송합니다."

노형진이 정중히 고개를 숙이자, 최준태는 고개를 저었다.

"아닙니다. 제 문제를 해결해 주기 위해 부르신 건데 당연히 시간을 내야지요. 그런데 꼭 물어보실 게 있다고……?"

"네. 혹시 두한보험에 대해 아십니까?"

"두한보험요?"

"네. 그동안 박사님을 따라다닌 놈들이 두한보험입니다."

"저를 따라다닌 놈들이 두한보험이라고요?"

"네, 그래서 혹시 아시는 게 있나 해서요."

"아는 게 전혀 없는데요. 거기는 들어 본 적도 없습니다."

"네? 들어 본 적도 없다고요?"

"네. 제가 그런 걸 관리하는 타입이 아니라서요."

가만히 대화를 듣던 유민택이 입을 열었다.

"거보게, 이유가 없다니까. 잘못 안 거 아닌가?"

"아닙니다. 확실합니다."

팀장은 단언하듯 말했다. 이미 조회를 해서 해당 차량이 두한보험의 업무용이라는 것까지 확인했다.

우연일까, 업무 시간에 업무용 차량을 끌고 와서 그들과 접촉한다는 게?

더군다나 감시 팀이 그들이 두한보험으로 복귀하는 모습까지 카메라로 찍어 온 이상, 이 모든 책임이 두한보험에 있다는 건 부정할 수 없는 사실이었다.

"보험 자체가 최준태 박사와 엮일 일이 없다니까."

"아, 잠시만요. 보험이라고 하면……."

기억을 더듬던 최준태는 뭔가 생각난 듯 짝 소리 나게 손을 부딪쳤다.

"몇 년 전에 보험금을 받은 게 있습니다만."

"뭐? 자네가?"

"네, 저와 제 가족도 보험을 들어 둔 게 있으니까요."

보험이라는 것은 만일의 사태에 대비하는 거다.

최준태가 지금 돈을 어마어마하게 잘 버는 것은 사실이나 그에게 무슨 일이 생길 경우 그걸 해결하기 위해서는 당연히 돈이 필요하니까.

최악의 경우 최준태가 사망하면 가족은 그 돈으로 생활해야 할지도 모른다.

"뭘 받았는데? 사고라도 났었나?"

"정확하게는 제가 아니라 제 아버님입니다. 그 당시에 한 5억쯤 받은 걸로 알고 있습니다."

"5억?"

"저희 아버님을 뵈셔서 아시겠지만 거동이 불편하시지 않습니까?"

"그러셨지."

"교통사고가 있었습니다."

교통사고로 인해 머리를 다치면서 아버지의 거동이 불편해진 것이다.

"그쪽 보험사에서 받은 것도 있지만 아버지가 개인적으로 드신 보험이 있을 겁니다. 제법 오래 넣으신 걸로 알고 있습니다. 금액도 커서 5억쯤 나왔던 걸로 기억합니다."

"5억이라……. 아무리 보험이라지만 상당한 금액이군요."

"네. 하지만 아버지가 보험료를 그만큼 많이 납부하신 거니까요. 지금이야 대부분이 실손 보험이지만."

"이해가 갑니다."

지금은 보험사들이 수익을 이유로 실손 보험을 대세로 취급한다.

실손 보험이란 그 피해만큼만 보상하는 거다.

병원비가 들어갔다면 그 병원비만큼만 말이다.

"하지만 아버지가 가입하신 보험은 그런 보험이 아니라 말 그대로 보장 보험이라서요."

그에 반해 보장 보험은 사고 발생 시 정해진 금액을 모두 주는 보험이다.

지금은 수익을 이유로 거의 운영하지 않지만 과거에는 그 보험이 대부분이었다.

그리고 수익이 아무리 나빠졌다고 해도 보험사에서 마음대로 보장 보험을 실손 보험으로 대체할 수는 없다.

"그게 어딘지 모르겠네요. 와이프한테 물어보겠습니다. 그걸 관리하는 건 와이프라서요. 잠시만요."

최준태는 바로 핸드폰을 꺼내서 와이프에게 전화했다.

－이 시간에 어쩐 일이에요, 평소에는 바빠서 연락도 안 되던 사람이?

"아버님 말이야, 보험금 받은 데가 어디야? 얼마 받았지?"

－갑자기 그건 왜요?

"아니, 회사에서 뭐 좀 알아보려고 그래. 기억나?"

－내가 그걸 잊을 수가 있나, 당신이 회사 다니는 동안 내가 다 처리했는데. 두한보험에서 5억 5천만 원 받았어요.

"5억 5천?"

－네. 그런데 그게 왜요?

"아니야. 자세한 건 나도 지금 들어야 하니까 집에 가서 이야기해."

최준태는 전화를 끊으면서 아리송한 표정으로 노형진을 바라보았다.

"들으셨다시피 두한보험이랍니다. 금액은 5억 5천만 원이고요."

"흠, 작은 돈이 아니기는 한데."

"이해가 안 가는군. 그게 몇 년 전인가?"

"3년 전입니다."

"내가 자네를 스카우트할 때쯤이군."

"제가 그 당시에 스카우트에 응한 이유 중 하나가 아버님 때문이었습니다."

거동이 불편한 노인을 한국에 혼자 둘 수는 없으니까.

그렇다고 미국에서 치료하자니, 미국은 보험료가 어마어마하게 비싸다.

설사 회사에서 보험을 처리해 준다고 해도 내야 하는 돈이 어마어마하게 많다.

더군다나 최준태의 아버지는 영어를 전혀 못하는 사람.

바쁜 자신이 말도 안 통하는 외국에 모시고 와서 치료한답시고 병원이나 집에 가두어 둘 수는 없었다.

그 상황에서 때마침 유민택의 지시로 대룡에서 스카우트 제의를 하면서 미국 회사보다 더 많은 연봉을 제시하자 기꺼이 한국으로 온 것이다.

아버지도 케어를 해야 하니까.

"그랬나?"

"네, 스카우트가 없었으면 저도 아마 한국에 오지는 않았을 겁니다."

실제로 원래 역사에서의 그는 한국에 오지 않고 그 대신에 와이프가 한국으로 들어와서 아버지를 케어 했었다.

"그런데 그게 뭐가 잘못된 건가요?"

"나는 모르겠군. 노 변호사, 이게 뭐가 잘못된 건가?"

"잘못된 게 없을 텐데요. 3년 전이라고 하면?"

노형진도 이해가 가지 않아서 턱을 문질렀다.

다른 곳도 아닌 보험사에서 왜 그걸로 최준태를 따라다닌단 말인가?

"혹시 최 박사님이 여기서 일하는 이유가 뭔지 알고 그러는 걸까?"

"안다고 한들 유 회장님이 말씀하신 대로 생명보험회사가 3진법 반도체 칩과 관련될 일은 전혀 없습니다."

"그런데 왜?"

이해가 안 간다는 듯 눈을 찌푸리는 두 사람.

그러다가 문득 노형진은 최준태를 바라보았다.

그가 누구인지, 저들은 전혀 모른다.

정확한 직업이나 소속 같은 건 말이다. 지금이야 대충 알겠지만.

"잠깐만, 생각을 바꿔 보죠."

"생각을 바꿔?"

"최 박사님이, 아니 아버님이 돈을 받을 당시에 최 박사님은 어디 계셨습니까?"

"저야 미국에서 근무 중이었지요."

"그러면 이제 와서 따라다닌다는 건…….."

머릿속에서 여러 가지 가능성을 생각하던 노형진은 자신도 모르게 어이가 없다는 표정으로 헛웃음을 지었다.

"설마? 아니, 그러고도 남을 놈들이지."

"무슨 소리인가?"

"우리가 방향을 전혀 엉뚱한 쪽으로 잡은 것 같습니다."

"전혀 엉뚱한 쪽?"

"그들이 노리는 건 최 박사님이 아니라 최 박사님의 아버님 같습니다."

"저희 아버지요? 아버지가 왜요?"

"아, 이런 건…… 생각을 못 했습니다만, 아무래도 보험 사기 같습니다."

그 말에 유민택은 어이없는 표정을 지었고, 최준태 역시 황당한 표정을 지었다.

"저희 아버님이요? 보험 사기요? 지금 장난하십니까? 저희 아버님은 그런 분이 절대 아닙니다."

"오해는 하지 마시기 바랍니다. 제 말은 최 박사님의 아버님이 보험 사기를 저질렀다는 게 아니라, 저쪽에서 아버님을 보험 사기꾼으로 몰아가고 싶어 한다는 겁니다."

"무슨 소리인가?"

"보험사에서는 어떻게 해서든 보험료를 안 주려고 합니다. 다들 아시죠?"

"그건 알지."

그건 상식이다. 심지어 회장인 유민택조차도 그건 안다.

기업이라는 곳이 손해는 최대한 줄이고 이익을 최대한 늘리려고 하는 것은 당연한 거니까.

"그리고 그게 줬다고 해서 끝나는 건 아니거든요."

"그게 무슨 말인가?"

"네? 줬다고 해서 끝나는 게 아니라고요?"

"네. 물론 주는 것도 쉬운 게 아니지만요. 혹시 손해 사정인이라고 아십니까? 요즘은 손해 사정사라고도 하는데."

"그게 뭔가?"

"객관적으로 보험의 지표를 판단해서 지급해야 하는 금액이 얼마인지 정하는 사람입니다."

정해진 보험금이 있으면 몰라도 그렇지 않은 경우 손해 사정인이 붙는 경우가 많다.

가령 교통사고가 났는데 상대방의 노동력이 일부 상실되었다면 그 사람의 평생의 수입이 얼마인지, 그리고 그의 과실 비율에 따라 그중 얼마를 깎아야 하는지 사람들은 잘 모른다.

그렇다고 해서 변호사에게 다 맡기자니, 변호사는 법률 전문가라 그러한 손해를 계산하는 것은 전혀 다른 문제다.

실제로 보험 사건의 경우 많은 변호사들이 그걸 계산해 주는 손해 사정사와 같이 일한다.

"마찬가지로 회사 쪽에도 담당하는 사람들이 있지요. 보통 손해 사정 직원이라고 표현합니다."

그들은 반대로 회사에서 지급할 보험금을 최대한 줄이기 위해 별의별 짓을 다 한다.

"보험금을 받아야 하는 시점에 갑자기 회사에서 동의서를 써 달라고 한다? 그러면 그 사람은 보험사 직원이 아니라 손해 사정 직원입니다."

그들이 아무런 말도 하지 않고 동의서를 써 달라고 하는 이유는 뻔하다.

온갖 거짓말과 수작을 통해 어떻게 해서든 돈을 안 주기 위해서다.

"하지만 그걸 대놓고 말하면 동의해 주지 않지요. 그래서 보험사에서는 거짓말을 시킵니다. 보험금을 받기 위해서는 써야 한다고요. 실제로도 동의서에 사인을 하지 않으면 온갖 핑계를 대고 소송을 걸어 가면서 돈을 안 주려고 하고요."

"그런 게 있습니까?"

그 말에 불편한 표정이 되는 최준태. 아무래도 연구만 한 사람이다 보니 잘 모르는 모양이었다.

하긴 대부분의 대한민국 국민들은 모를 거다.

보험사에서는 국민들을 속여서 어떻게 해서든 돈을 주지 않으려고 어마어마한 소송을 남발하지만 누구도 이야기해 주지 않으니까.

"보험금을 청구할 때 필요한 건 동의서가 아니라 청구 관련 서류입니다. 동의서를 써 달라고 하는 놈들은 100% 회사의 손해 사정 직원이나 상대방의 손해 사정인입니다. 개인 정보 보호법이라는 게 있어서, 동의서를 받아야만 처벌받지 않고 뒷조사를 할 수 있으니까요."

"그 차이가 큰가?"

"큽니다. 유 회장님도 아시겠지만 법률에서는 아 다르고 어 다릅니다. 가령 그들이 가지고 간 기존 진단서에 뇌혈관 의심 증상이 기재되었다면 어떻게 될까요?"

보험사에서는 아마도 그걸 핑계로 소송을 낼 것이다.

상관없어 보이는 교통사고조차도 그걸로 소송이 가능하다.

가령 교통사고 직전 뇌출혈이 발생해서 운전 불가 상태에 빠지는 바람에 피보험자가 먼저 들이받았다는 식으로 말이다.

"실제로 그런 유의 사건이 어마어마합니다. 미국에서는 무좀이 있다는 사실을 고지하지 않았다는 이유로 암 보험료의 지급을 거부한 소송도 있으니까요."

정확하게는 가입자가 가입할 때 질병 체크난에 '질병 없음'으로 체크했는데 뒤늦게 무좀이 있다는 사실이 밝혀지자 자신들을 속인 거라며 소송한 거지만 말이다.

"그런 게 있다고요?"

"네, 그런데 그걸 줬다고 해서 끝이 아닙니다."

어찌 되었건 손해 사정인이 줘야 한다고 판단해서 줬다.

"그런데 치열한 재활 치료 끝에 그 사람이 어느 정도 노동력을 회복했다면 어떻게 될까요?"

"그걸로 소송을 건단 말입니까?"

"네. 의외로 그런 소송은 어마어마하게 많습니다. 특히 고액 보험에서 흔하게 벌어지는 소송입니다."

쓰게 웃는 노형진.

"최 박사님의 존재가 없었다면 이미 한참 전에 충분히 생각할 수 있었을 가능성입니다."

하지만 최준태라는 사람이 워낙 회사의 중요 인물이다 보니 타깃이 당연히 그라고 생각해 버렸다. 그러니 보험 사기로 고소하기 위해 증거를 모으기 위한 행동이었다는 것은 생각도 못 할 일이었고.

"그게 가능한가, 보험 사기로 고소한다는 게?"

"네. 그들은 개인의 노력이라는 걸 인정하지 않으니까요."

노동력을 상실한 상황에서 피보험자에게 돈을 지급해야 할 때 기준으로 삼는 것은 그 당시 의사들의 객관적인 판단이다.

"하지만 그 객관적 판단은 그 시점에서의 신체적 상황에 대한 판단일 뿐입니다."

누군가는 영원히 걸을 수 없다고 의사가 이야기했지만 걷는 데 성공했고, 누군가는 의사가 손을 움직일 수 없다고 했지만 주먹을 쥐었으며, 누군가는 의사가 뇌사 상태이니 호흡기를 빼자고 했지만 살아나서 유명 모델이 되기도 했다.

"그 당시의 상황과 인간의 의지는 전혀 상관없지요."

그러나 보험사는 그걸 이용해서 돈을 뜯어먹으려고 하는 거다.

"그 당시에는 일단 의사의 판단에 따라 돈을 주고, 몇 년 후에 다시 확인하는 겁니다."

누군가는 포기하고 재활하지 않고 살지 모르지만 누군가는 어떻게 해서든 한 걸음이라도 나아가고자 몸부림친다.

그러다 기적적으로 몸이 반응하면?

"그때 보험사에서 나서는 거죠. 봐라, 걷지 못한다고 했는데 걷지 않느냐? 저건 보험 사기다."

듣고 있던 유민택은 사정없이 눈을 찡그렸다.

그런 더럽고 추잡한 짓거리를 하는 놈들이 있을 줄은 몰랐으니까.

"제가 살인미수죄를 안 좋게 생각하는 것과 똑같은 거죠."

살기 위해 내가 몸부림쳤는데 가해자의 죄가 가벼워지는 역설. 이것이 여기서도 드러난다.

난 몸이 나아지기 위해 몸부림쳤는데, 그래서 기적이 벌어졌는데 그걸 사기로 몰아가는 기업이라니.

"무려 5억입니다. 그걸 회수할 수 있다면 그 수익은 어마어마하겠지요."

"고작 5억 아닌가? 두한보험에서 사람을 쓰면서까지 그렇게 할 정도의 일은 아닌 것 같은데?"

"고작이 아닙니다. 억 단위 보험료를 받은 사람들이 어디 최준태 박사님의 아버님뿐이겠습니까?"

당연히 많은 사람들이 받았을 테고 일부는 자기 노력으로, 일부는 의학 기술의 발달로 기적적으로 살아남거나 움직일 수 있게 되었을 거다.

당장 의수만 봐도 그렇다.

과거에는 의수라고 하면 단순히 손 모양을 흉내 내서 팔에 끼우는, 일종의 외부의 시선을 가리는 도구에 지나지 않았지만 지금은 전자의수를 통해 기타를 칠 수 있는 수준까지 발달했다.

"저희 아버님은 그러실 분이 아닙니다!"

"알고 있습니다. 최준태 박사님 같은 분을 키워 내신 분이니 사기를 치는 그런 사람일 리가 없지요. 하지만 중요한 건 그게 아닙니다."

두한보험에서는 어떻게 해서든 사기로 몰아붙이는 게 목적인 거다.

"운이 좋아서 사기로 인정되면 전액 환수되는 거고요."

"전액이라고요? 나아진 만큼이 아니고요?"

"사기라는 것 자체가 부당이득의 발생이니까 전액입니다. 도리어 그로 인한 손해배상까지 요구해서 더 많은 돈을 줘야지요."

"미친 새끼들!"

그때 그 말을 듣고 있던 유민택이 입을 열었다. 문득 이해가 가지 않는 게 두 개 있었기 때문이다.

"대충 상황은 이해가 가네. 최 박사의 아버님이 나아지셔서 보험 사기로 몰아가려고 한다는 건 알겠는데, 왜 최준태 박사를 따라다닌단 말인가?"

"돈의 흐름을 보는 거죠."

"돈의 흐름?"

"네. 누군가가 수익 이상으로 돈을 쓴다면 그 돈은 사기로 번 돈이라고 주장하는 거죠."

"지금 농담하나? 최 박사가 버는 돈이 얼마인데."

"압니다. 하지만 그걸 저쪽에서 아나요?"

최준태는 유민택이 직접 스카우트하라고 한 세계적인 석학이다. 당연히 어마어마한 연봉을 받고 있다.

"그건 저쪽에서 모르는 거죠. 저들이 아는 건 그냥 아들인 최준태가 대룡에서 일한다, 그리고 아무리 잘 알아봤자 연구소 직원이다 정도일 겁니다."

"으음, 하긴 그렇겠지."

연구소의 보안은 철저해서, 직원들의 명단도 밖으로 내보내지 않으려고 노력한다.

직원의 명단이 유출되면 스카우트를 하기 위해 접근할 수도 있고, 진짜로 산업스파이가 접근해서 내부 정보를 빼 달라고 딜을 해 올 수도 있으니까.

"저들이 생각할 때 아마 최준태 박사님의 연봉은 잘해 봐야 1억 언저리일 겁니다. 그게 현실이고요."

하지만 최준태는 전 세계에서 얼마 안 되는 3진법 반도체 개발자 중 한 명이다. 당연히 그 몇 배나 되는 연봉을 받는다.

"그러니 씀씀이를 보고 보험 사기라고 주장할 수 있겠다 싶었겠죠."

"이미 준 돈 아닌가?"

"그런 건 명확하진 않지만 정황증거라는 게 됩니다. 그런데 정황증거는 우기면 되는 경우가 종종 있습니다. 더군다나 상대방은 대기업인 두한보험입니다. 그러면 지금 상황이 이해가 가는 거지요."

최준태가 들어왔을 때는 움직이지 않다가 3년이 지난 시점에서야 움직인 이유도 그거다.

재활하는 데 걸리는 시간을 감안해서 재활이 어느 정도 끝날 때까지 기다렸다가 보험 사기로 엮으려고 하는 거다.

"그런데 왜 외부 인원을 쓴단 말인가? 자네 말마따나 손해 사정 직원이 있다면서."

노형진은 그 말에 긴 한숨을 내쉬었다.

그 말이 맞다. 보통은 내부 사람으로 커버하기 마련이다.

'보통은' 말이다.

"제 개인적으로는 두 가지 이유 때문이라고 생각합니다."

"두 가지 이유?"

"첫 번째는, 이 미행 같은 게 엄밀하게 말하면 좋은 건 아니지 않습니까?"

언론에서도 쉬쉬하면서 감춰 주고 국민들도 다들 모르고 있는 사항이기에 조용할 뿐이지, 소문나면 보험업에 치명타가 될 수도 있는 문제다.

몇 년 지나면 소송하겠다고 덤비는 보험사에 누가 보험을 들려고 하겠는가?

"이번에 우리처럼 말입니다."

어떻게 엮어서 신고해서 조사해 봤지만 무직으로 나왔다.

대룡이 아니라 일반인이었다면 딱 거기서 끝났을 일이다.

"그렇군. 자신들의 더러운 면을 감추기 위해서군."

"네, 그리고 두 번째 이유는 우리 때문 같습니다."

"우리? 뜬금없이 우리가 왜?"

"두한이 우리 때문에 치명타를 입지 않았습니까?"

두한은 살아남기 위해 몸부림치고 있고 다급하게 돈이 필요한 상황이다. 문제는 돈 나올 구멍이 없다는 거다.

"그런데 사기의 공소시효는 10년입니다."

"공소시효가 10년? 설마?"

"아마도 이전에 보험료를 지급받은 사람들에 관해서는 모조리 조사하고 있지 않을까 싶습니다."

보험 사기로 엮어서 이쪽이 이기면 돈을 뜯어낼 수 있고,

설사 불리하다고 해도 합의금으로 일부를 뜯어낼 수 있을지도 모른다는 기대감.

그걸 위해 한꺼번에 조사하기 시작했다면 당연히 인원 부족 문제가 생길 수밖에 없다.

"그래서 외부 인원을 쓰는 거죠."

"그렇게 쉽게 인정된다고요?"

"상대방은 두한입니다. 그들은 수년간 판검사들을 주물러 왔습니다. 설사 지금 판검사들이 과거에 비해 깨끗해졌다고 해도, 대기업이라는 이름이 어디 가는 건 아니니까요."

즉, 판검사들이 혜택을 노리고 자발적으로 엎드릴 가능성도 분명 있다는 거다.

"그리고 실제로 보험 사기가 상당히 빈번하기도 하고요. 결정적으로 개인의 노력이라는 건 눈에 보이는 게 아니지 않습니까?"

나아지기 위해 얼마나 노력했는지 다른 사람들은 알 수가 없다.

변호사가 되기 위해 얼마나 밤을 새우며 공부를 했는지, 얼마나 코피를 흘렸는지는 누구도 모른다.

사람들의 눈에 보이는 것은 변호사 자격증뿐이다.

"콜럼버스의 달걀처럼 말이지요."

노력은 보이지 않고 결과만이 보이며, 그 결과를 곡해해서 '봐라, 보험금을 노린 보험 사기다.'라고 해 버리는 건 두한으로서는 식은 죽 먹기다.

"그러면 별로 고민할 필요는 없는 거군. 설마 그런 거에서 지지는 않겠지?"

당연히 노형진이 담당할 거라 생각하는 유민택의 말.

"물론 지지는 않습니다. 하지만 두한의 행동이 선을 넘어도 너무 많이 넘는군요."

재활해서 움직일 수 있게 된 것과 노동으로 돈을 버는 것은 전혀 다른 문제다.

더군다나 재활 비용은 어마어마해서, 그 비용으로 보험료가 다 나갔을 가능성이 크다.

"아마 소송에서 지거나 한다면 피해자들은 전 재산을 빼앗길 가능성이 높습니다."

"그걸 해결하고 싶은 건가?"

"네, 해결할까 합니다. 그리고 솔직히 이게 두한만의 문제라고 생각하지도 않고요."

한 곳에서 돈이 되는 걸 알았다면 다른 기업에서 그걸 따라 하지 않았을 리가 없다.

"하긴, 그건 기업들의 생리지."

첫 번째 기업에서 뭔가를 줄이거나 해서 수익이 늘어나면 다른 기업들도 그 방식을 조용히 따라 한다.

어차피 처맞을 건 이미 첫 번째 기업이 다 처맞은 상황인데다 이슈화된다고 해도 그 기업이 먼저 두들겨 맞으니까.

"당장 사성만 해도 그렇지요."

그들은 미국의 와이플사를 어마어마하게 욕한다.

감성쟁이라는 둥 고객에 대한 배려가 없다는 둥.

하지만 현실을 보면 웃긴 게, 사성은 와이플사의 빠돌이다.

진짜로 좋아한다는 게 아니라 와이플사에서 수익을 늘리기 위해 뭔가를 도입해서 원가를 절감하면 그때는 미친 듯이 와이플을 욕하지만, 대부분 6개월 내에 와이플을 따라 그들의 방식을 제도화한다.

욕은 와이플이 먹고 수익은 자기들이 내겠다는 속셈이다.

"보험사도 마찬가지일 겁니다. 아마 다른 보험사들도 비슷한 수작을 부리고 있을 가능성이 큽니다."

그들이 이런 소송을 해 보지 않았을 가능성은 그다지 높지 않다.

당장 지금도 전문적인 시스템이 있는 것으로 보인다.

"그걸 언론에서 기사화하지는 않을 겁니다. 어찌 되었건 두한에서 어마어마하게 돈을 뿌려 대고 있을 테니까요."

"하긴, 기업 입장에서는 돈이 우선이니까."

지금 이 순간도 보험 광고는 어마어마하게 이루어지고 있다.

그런데 정작 그 돈을 주지 않으려고 하는 소송도 어마어마하게 이루어지고 있다.

법원에 몰리는 소송 중 소액 소송을 보면 처음부터 끝날 때까지 보험 소송만 가득한 날도 있다.

"그렇게 힘들게 받아서 나중에 보험 사기로 돈을 배상해야 한다면 얼마나 잔인한 일이겠습니까? 더군다나 이런 보험은 기본적으로 생존자들을 위한 보험입니다."

암 보험 같은 경우는 의사의 정확한 진단이 있으니 당연히 나중에 보험 사기라고 주장할 수가 없다.

생명보험 같은 경우는 죽은 사람을 살려 낼 방법이 없으니 결국 그걸로 끝인 거고.

"이런 보험은 상해 보험인 경우가 많지요. 아니면 특수 질병 관련 보험이든가요."

상해 보험이나 특수 질병, 특히 뇌혈관 질환의 경우는 재활의 의지에 따라 결과가 많이 바뀌는 편이다.

그러니 그걸로 물고 늘어지면서 돈을 뜯어내려고 하는 거다.

"그 피해를 입을 국민들이 얼마나 될까요? 그리고 얼마나 많은 사람들이 고통받게 될까요?"

힘이 없는 일반인이 대기업을 상대로 소송해서 이기는 것은 쉬운 일이 아니다.

설사 이긴다고 한들 막대한 소송비용에 나가떨어질 수도 있다.

더군다나 이미 재활 치료가 필요할 정도로 그들의 상황은 안 좋다.

그런 환자들은 우울증이 동반되는 경우도 많다.

"그 상황에서 그런 고소와 고발, 오랜 민사소송으로 가족까지 고통받는다면 어떻게 될까요?"

그러면 상당수 사람들은 자살을 선택할 것이다.

"문제는 그렇게 사람을 죽이고도 보험회사들은 반성하지 않는다는 거죠."

실제로 모 보험사에서는 고아가 되어서 보육원에 간 아이에게 수천만 원을 내놓으라고 소송을 걸기도 했다.

동남아 출신의 엄마가 아이를 버리고 본국으로 돌아가 버린 후, 보험사는 나중에 그 아이에게 보험금 정산이 잘못되었다면서 수천만 원을 내놓으라고 소송을 걸었다.

'이슈화되자 빠르게 꼬리를 말기는 했지만 말이지.'

과연 그 사실을 회사에서 몰랐을까?

소송을 거치는 과정은 그렇게 쉽지 않다.

담당자가 증거를 제출하고 상부에서 허가하고 법률 팀의 담당자가 다시 한번 심사해서 보험 사기의 가능성이 있다고 판단하면 소송에 들어간다.

그러다 보면 관련자는 최소한 열 명이 넘는데, 그중 한 명이라도 이건 아니라고 이야기한다면 그때 멈추는 거다.

"하지만 열 살도 안 된 아이에게 회사는 소송을 걸기로 결정했지요."

그 이유는 뻔하다. 아이의 미래보다는 돈이 우선이니까.

소송하면 아이에게 가혹할 정도의 이자가 붙을 테고, 아이가 일해서 그걸 갚을 수 있는 나이가 되면 수천만 원이 수억

원으로 불어나 있을 가능성이 크다.

더 웃긴 것은 그 당시에 돈이 다 지급된 게 아니었다는 거다.

원래 지급액은 1억 5천만 원으로, 법률상 아이에게 6천만 원, 어머니에게 9천만 원이 지급되어야 했다.

이런 경우 지급의 결정은 법률상 아내가 6, 아이가 4이니까.

그런데 아이의 어머니는 본국으로 가 버린 상황이었기에 그 돈을 지급하지 않아서 보험사는 9천 만 원을 안 주고 있었다.

그리고 아이 몫의 6천만 원은 아이의 후견인에게 맡겨졌다.

그런데 보험사에서 주장하는, 아이에게서 받아야 하는 돈은 대략 2,600만 원.

그 말은 법률상 그 역시 6 : 4로 나눠서 받아야 한다는 거다.

하지만 보험회사에서는 그렇게 나눠서 청구하는 대신에 전액을 아이에게 청구했다.

수십 명이 그걸 검수하는데 이런 실수를 했다는 건 말이 안 된다.

더군다나 법률 팀에서는 몇 번이나 소장을 확인하니까.

즉, 돈은 돈대로 안 주면서 아이에게 제대로 된 보호자가 없으니 돈을 뜯어낼 수 있을 거라 판단해 그런 식으로 소송을 넣은 것이다.

더 웃긴 건 그걸 법원에서 '인정'했다는 거다.

법을 다루는 사람들에게 있어서 미성년자는 법적으로 무

능력한 사람들로 보는 건 상식이다.

즉, 보험사에서 정당한 이유로 아이에게 소송을 걸었다고 하더라도 그 소송은 기각되어야 한다.

미성년자로서 법률상 권리나 책임을 질 수 있는 나이가 아니니까.

그런데 판사는 그걸 뻔하게 알면서도 보험사 편을 들어 줬다.

이렇게 뻔한 사건임에도 불구하고 법률의 기본적인 상식마저도 무시하고 판결을 내리는데, 과연 다른 보험 사기 사건에서 재판부가 열심히 재활해서 그런 거니까 안 줘도 된다고 판단할까?

결국 그 사건 속의 보험사는 인터넷에다가는 피해자 측과 원만하게 합의했다고 거짓말하면서 사과해 놓고, 정작 그 아이 측에는 돈을 내놓지 않으면 소송을 계속하겠다고 압박했었다.

심지어 이슈가 되자 아이가 있던 보육원을 협박하기도 했다.

아이의 큰아버지에게 이야기해서, 당장 영상을 내리지 않으면 국가에 압력을 행사해서 국가 지원을 끊어 버리겠다고 말이다.

단돈 몇천에 국가에 로비해서 지원을 끊어 버리겠다고 하는 기업이 과연 수억짜리 소송에는 로비를 안 하고 뇌물을 안 줄까?

결국 참다못한 아이의 큰아버지가 나서서 인터뷰하고 나

서야 보험사는 여론에 부담감을 느끼고 소송을 취하했다.

그럼에도, 아예 끝난 것은 아니었다.

일단 아직 지급되지 않은 9천만 원의 돈이 문제가 된다.

물론 보험사에서는 아이가 성인이 된 후에 어머니 몫의 9천만 원도 청구하면 지급하겠다고 했지만 말이다.

'하지만 그걸 믿을 수가 없다는 게 문제지.'

아이가 성인이 되려면 10년이 넘게 걸리고, 그 후 사라진 엄마에 대한 실종 신고를 해서 사망 추정으로 보려면 5년이 더 걸린다.

설사 다른 가족이 실종 신고해서 사망 처리를 한다고 해도 문제다.

가족들이 할 수 있는 건 실종 신고와 법원으로부터 사망 선고를 받는 것뿐이다.

하지만 기업에서는 이의를 제기해서 그걸 무효로 돌릴 수 있다.

당장 외국인인지라 출국 기록이 남아 있는 경우 법원의 사망 선고가 떨어질 가능성은 높지 않다.

더군다나 이러한 금액에도 청구의 소멸시효가 있는데, 아이가 성인이 된 후에 청구하라고 한 것은 그 소멸시효를 기다리겠다는 의미이다.

아이가 성인이 된 후에는 소멸시효를 이유로 돈을 안 주겠다는 게 너무나도 빤히 보이는 거짓말이었다.

더군다나 이번에 그들은 패배한 게 아니라 빠져나간 거다.

판결이 떨어진 게 아니라서 사람들이 잠잠해지면 다시 소송을 걸 수 있다.

민사라는 게 그런 거니까.

그래서 사람들은, 조용해지면 보험회사에서 분명 다시 소송을 걸 거라고 생각하고 있었다.

"지금 보험은 변질되다 못해 사람 목숨을 가지고 놀고 있습니다."

몰랐으면 모를까, 안 이상 그냥 둘 수는 없는 일이었다.

그냥 두는 순간 대부분의 보험이 이런 식으로 변질될 테고, 국민들이 자기 돈을 들여서 소송당하는 꼴이 될 테니까.

"더군다나 다른 방법도 쓰는 모양이더군요."

"다른 방법?"

"네. 과실 비율을 나중에 새로 따지는 모양입니다."

"그게 무슨 말입니까?"

"과실 비율을 새로 따져서 그만큼 돈을 내놓으라고 하는 거죠."

과실 비율을 따져서 그 돈만큼 주지 않는 걸 의미한다.

사실 과실 비율은 쌍방이 보험에 가입되어 있다면 문제 될게 없다.

둘 다 보험에 가입되어 있는 상황에서 서로 소송하게 된다면 그 돈은 개인이 아닌 회사가 지급하면 되니 각 보험사는 필요 이상으로 싸우지 않게 된다.

"하지만 제 예상이 맞다면 두한은 개인에게는 가차 없이 소송을 걸 겁니다."

즉, 차량 대 차량의 소송이라면 양쪽 다 가입한 보험사가 있기 때문에 어차피 과실 비율이 바뀌어도 서로 그걸 주고받으면 그만이다.

"하지만 개인이라면 이야기가 달라지지요."

과거 사건의 과실 비율을 바꿔서, 준 돈을 돌려 달라고 하는 건 어려운 일이 아니다.

그러나 상대방이 개인인 경우는 저항하는 게 사실상 불가능에 가깝다.

가령 개인이 사망하는 경우 배상금으로 5억이 나갔는데 갑자기 소송을 해서 과실 비율을 20%로 잡고 돈을 내놓으라고 하면 피해자 쪽은 뒤늦게 1억을 내놔야 한다.

애초에 아이를 고소한 사건이 딱 그런 식이었다.

사건 자체는 4년 전에 일어났는데, 4년이나 지난 시점에 갑자기 과실 비율 관련 소송을 걸어서 5 : 5를 받아 내어 절반을 내놓으라고 협박한 것이다.

"그런 식으로 장난치는 것을 방관한다면 많은 피해자들이 발생할 겁니다."

"그 말은, 우리와는 일하지 않겠다는 거군."

"할 수가 없지요. 이건 개인인 최준태 박사님과 관련된 거지 대룡과 관련된 사건이 아니니까요. 물론 대룡에서 이번 사건과 관련해서 보험업에까지 진출하시려고 한다면 모르겠습니다만."

"미안하지만 우리는 그럴 생각이 없네. 우리나라 보험 업계가 과포화 상태인 건 다 아는 상황인데 거기에 왜 끼어들겠나?"

물론 보험업을 하기 위한 기반은 어느 정도 잡혀 있다.

대룡은 미국에서 의료 사업을 하는 데다 그 수익이 어마어마하기에 의료 시스템에 대해서는 잘 알 수밖에 없다.

"하지만 우리가 더 이상 성장하기에는 한계가 있네. 소화해야 하는 시점이야."

대룡은 어마어마하게 빠르게 성장했고 아직 그 덩치를 완전히 제 것으로 만들지 못한 상황이었다.

당장 두한자동차는 대룡자동차로 이름을 바꾸고 계속 영업 중이기는 하지만 여전히 이미지를 바꿔야 하는 일이 남아있고, 두한에서 구입한 두한조선은 대룡조선으로 바꾼 후 중국 조선업의 실체가 드러나 버려 전 세계에서 물량이 모조리 몰려들면서 다급하게 덩치를 키우고 있는 상황이었다.

"성장이 마냥 좋은 것만은 아니니까."

"이해는 갑니다."

성장을 했다면 내실을 다져야 하는 시점이 있고 그게 바로 지금이라는 거다.

"하지만 자네 말마따나 이 문제를 그냥 둘 수는 없기는 하겠군."

물론 보험사들은 짜증을 내겠지만 말이다.

"옛날에는 안 그러지 않았나? 이런 일이 없었던 것 같은데."

"몇 년 전에 보험사들의 로비로 새로운 법이 만들어졌습니다. 그 법에 기초한 행동입니다."

"그 법이 뭔데?"

"보험 사기 특별법이라는 겁니다."

보험 사기는 상당히 자주 일어나는 사기 중 하나다.

그래서 그러한 보험 사기를 처벌하기 위해 따로 법을 만들었다.

"하지만 그건 공식적인 발표고요. 사실 사기에 들어가기 때문에 굳이 특별법까지 만들 필요가 없었습니다만."

"그래도 그런 법이 있으면 좋지. 한데 그게 무슨 문제란 말인가?"

"내용 자체는 그다지 큰 문제가 없습니다. 상식적인 수준 안의 법입니다. 그걸 악용한다는 것만 **빼면요**."

특별법은 기본적으로 기존 법률보다 처벌이 강해진다.

당장 보험 사기 특별법의 규정대로라면 50억 이상의 사기는 무기징역 또는 5년 이상의 징역, 그리고 50억 미만이라고 하면 3년 이상의 유기징역, 그 이하는 10년 이하의 징역 또는 5천만 원 이하의 벌금이다.

기존 사기죄보다 확실히 처벌이 강하다.

"문제는, 이 경우 대부분의 보험금 수령자들은 자기들이 문제가 있다고 생각하지 않을 거라는 겁니다."

실제로 일어난 사건이었고, 그 사건으로 인해 장애가 생겼으며, 그 장애로 인해 보험금을 받았다.

그 당시 의료 기록과 엑스레이나 CT나 MRI 같은 검사 기록이 여전히 남아 있으니 당연히 문제가 안 된다고 생각해서 쉽게 대응해 버릴 것이다.

"그런 사람들은 우리나라의 경찰과 검찰이 정의롭다고 생각합니다. 하지만 답은 이미 정해져 있지요. 설사 아니라고 해도 그 심적 부담감은 어마어마합니다."

자신은 치료받았고 속임수를 쓴 적도 없으니, 사실대로 말하면 경찰에서 잘 처리해 줄 거라 생각할 것이다.

그러나 경찰에서는 그걸 기소 의견으로 송치할 테고.

"심리적으로 어마어마한 압박이 오겠군."

자신은 사기를 친 적도 없는데 기소 의견으로 송치된다면?

당연히 당사자들은 놀라서 벌벌 떨 것이다.

"누군가는 합의하려고 할 테고, 누군가는 변호사를 사서 대응하려고 할 겁니다."

만일 합의하자고 하면 보험사는 완전 땡잡는 거다.

사실 그것만으로도 경비는 다 뽑을 수 있을 것이다.

"그 후에는 소송으로 충분히 압력을 가해서 보험 사기로 엮을 수도 있고요."

더군다나 그런 피해자들은 신체적으로 건강하지 못할 가능성이 크다. 아무리 재활을 한다고 해도 그 한계가 명확하니까.

걷지 못한다는 판단이 내려진 사람이라면, 걸을 수는 있게 된다 해도 뛰는 건 전혀 다른 문제다.

그렇게 신체에 장애가 있는 사람들이 감옥에 간다면 과연 생존이 편안할까?

가족들은 어떨까? 어떻게 잘못될까 두려워서 공포에 떨 것이다.

"이건 사실상 합법적인 협박입니다."

물론 보험 사기를 처벌하지 말라는 게 아니다.

사기꾼은 분명 존재하고, 그들을 처벌하는 건 당연한 일이다.

하지만 그런 미명하에 무고한 피해자들에게서 돈을 뜯어내는 건 전혀 다른 문제다.

가만히 노형진의 설명을 듣던 최준태는 걱정스러운 얼굴로 물었다.

"그러면 저는 어떻게 해야 합니까?"

"일단 최준태 박사님의 사건은 저희가 개인적으로 진행하는 걸로 하죠."

"아, 제가 말입니까?"

"네. 아, 물론 공론화나 이슈화하는 건 아닙니다. 저희는 광고를 할 생각이니까요."

"광고요?"

노형진은 여유 가득한 미소를 지으며 고개를 끄덕였다.

"네. 범죄의 피해자들을 찾는 걸 막을 이유는 없지요."

설사 그 가해자가 기업들이라고 해도 말이다.

공범을 찾아서

"생각보다 많더군요."

고문학은 아주 짧은 시간 안에 노형진이 부탁한 자료 조사를 해 왔다.

딱히 어려운 일은 아니었다.

현재 진행 중인 사건 중에서 비슷한 사건이 있는지 확인하는 정도인 데다, 보험 사기와 관련해서 조사하면 답은 금방 나오니까.

"보험 사기로 현재 조사 중인 사람이 전국에 1천 명쯤 됩니다."

"전국에서요?"

"네, 전국에서요."

노형진은 턱을 문질렀다.

1천 명은 엄청난 숫자다.

사실 보험 사기는 그다지 쉬운 사건이 아니다.

일단 대부분의 보험 사기 같은 경우는 자동차 관련으로 발생한다.

하지만 요즘은 블랙박스를 달지 않은 차들을 보기 힘들 정도로 블랙박스가 많아져서, 보험 사기를 하는 것이 무척이나 어려워졌다.

그렇다고 신체 상해 같은 걸 하자니 그것도 만만찮은 게, 의사들이 바보도 아니고 의학 기술의 발달은 단순히 치료에만 국한된 게 아니라 상해의 확인에도 훨씬 정밀해졌기 때문이다.

당장 아무리 환자가 아프다고 해도 돈을 지급하고 싶어 하지 않는 보험사 입장에서는 그 말을 안 믿을 게 뻔하다.

"그런데 천 명이라……. 그러면 상당히 많은 건데요."

전국에서 천 명. 그 말은 현재 진행 중인 것만 천 건이라는 뜻인데, 현행법상 3주 이내에 사건을 정리해서 검찰에 송치해야 한다는 점을 감안하면 아무리 적게 잡아도 한 달에 형사적으로 고발하는 건이 천 건이라는 계산이 나온다.

"1년이면 1만 2천 건이라는 소리군요."

형사사건만 그 정도고, 민사 중인 사건까지 포함하면 답이 안 나올 정도로 많을 수밖에 없다.

"그중에서 50% 정도는 두한보험의 소송이었습니다."

"확실히 두한이 다급한 모양이네요. 하지만 무시할 수준은 아닌 것 같군요."

두한이 거는 소송이 무려 오백 건이라는 소리다. 그러면 건당 1억이라고 해도 한 달에 500억. 1년이면 6천억에 가까운 돈을 되찾아 갈 수 있다는 소리가 된다.

"거의 두한보험의 순이익 이상이겠군요."

"그걸 보니 어이가 없더군요. 쌍놈의 새끼들. 정작 자동차 사건에서는 이러지도 않으면서 말입니다."

"자동차 사건? 아, 하긴 그런 면이 있지요."

한국에는 교통사고가 나면 무조건 드러누우라는 말이 있다.

보험사에서는 그걸로 뭐라고 하지 않으니까.

물론 오래가면 상관이 있지만, 대부분의 경우 그걸로 보험 사기를 주장하지는 않는다.

"일단 보험 사기는 속이려는 목적이 있어야 하니까요."

하지만 대부분의 자동차 사고는 불의의 상황에서 갑자기 벌어지다 보니 보험 사기라고 볼 수가 없다.

"그리고 어떤 면에서는 보험사 입장에서는 치료비가 좀 더 나가는 게 이득이거든요."

"네? 아니, 뭔 말도 안 되는 소립니까? 돈이 나가면 그만큼 손해 아닌가요?"

"돌려받을 수 있는 돈이니까요."

자동차보험은 사고의 빈도나 금액에 따라 다음 해 보험료를 올릴 수 있다.

그리고 그렇게 올라간 보험료는 천천히 내려간다.

현행법상 자동차 사고 기록은 3년간 유지되며, 3년 전 사건으로도 보험료를 올릴 수 있다.

"그러니 그런 자동차 사고들은 보험료로 돌려받을 수 있습니다."

그러니 어중간하게 돈을 주고 보험료를 못 올리느니 차라리 확실하게 돈을 주고 보험료를 올려 버리는 게 나은 경우도 종종 있다.

"작은 접촉 사고 같은 경우는 그렇지요."

차라리 대형 사고는 그럴 이유가 없지만, 작은 접촉 사고는 보험 처리 금액이 애매해져 버리니까.

"하지만 이런 사건은 좀 다르니까요."

돌려받을 수 없는 돈이고, 이런 보험들은 대부분 약정 기간만 남았지 추가로 지급할 돈은 없다.

"지금은 대세가 실손 보험이고요."

그리고 실손 보험의 경우는 병원에서 주는 영수증으로 입증이 가능하기 때문에 딱히 보험 사기를 칠 수가 없다.

"그러면 이게 다 그렇게 오래된 보험들이란 말입니까?"

"대부분은 그럴 겁니다. 물론 실손 보험이 아닌 상품도 분명 존재합니다만."

하지만 그런 보험들은 여전히 비싸고 요즘 같은 시대에는 그다지 들지 않는다.

한 달에 몇만 원만 내면 실손이 되는데, 한 달에 수십만 원씩 내면서 확실한 보장을 얻기에는 혜택이 너무 적으니까.

"결정적으로 자산의 가치가 달라지니까요."

30년 전과 20년 전과 10년 전은 돈의 가치가 다르다.

30년 전에 5억이라고 하면 서울에서 아파트를 사고 남은 생을 보장하기 충분한 돈이었을지 몰라도, 지금은 치료비를 내고 나면 남는 게 없다고 봐도 무방한 수준이다.

"그러느니 차라리 실손 보험을 들어 버리는 거죠."

받는 돈 자체는 적지만 10년 후에도 20년 후에도 가치는 똑같으니까.

물론 보험사도 바보는 아닌지라 실손 보험의 경우는 그 기간이 무척이나 짧은 편이다.

"어찌 되었건 중요한 건 보험 사기가 늘었다는 겁니다. 아마 대부분은 진짜 보험 사기가 아니라 보험사에서 고소한 것 같은데."

노형진은 턱을 문질렀다.

"일단 이 부분에 관해서는 우리 혼자서 커버할 수 있는 건 아닌 것 같군요."

"그러면 하늘과 같이 일하실 생각입니까?"

"그럴 생각입니다. 애초에 변호사의 업무 중 하나가 피의자의 보호니까요."

노형진은 정리된 사건을 보면서 말했다.

"아마, 이런 사건은 처음인 것 같습니다만."

기획 소송을 전문으로 하는 새론이다.

하지만 이건 반대로 기획 소송에서 이쪽을 보호하는 업무다.

"하지만 의뢰인들이 의뢰를 할까요?"

"할 겁니다. 이게 작은 돈이 걸려 있는 게 아니니까요."

작게는 수천만 원, 많게는 역대의 돈이 걸려 있는 사건이다.

그러니 대부분의 피의자들은 변호사를 수임할 것이다.

"하지만 이걸 시스템화할 수 있을까요? 공격이 아니라 방어이지 않습니까? 사건마다 다를 것 같은데."

그 말에 노형진은 고개를 흔들었다.

"그건 어렵지 않습니다. 애초에 저쪽도 시스템화되어 있으니까요."

"네? 그게 무슨……?"

사건을 조사해서 숫자는 알아냈지만 그 내용까지 일일이 다 본 건 아닌지라 고문학은 그 말이 이해가 가지 않았다.

하지만 노형진은 기업의 생리에 대해 누구보다 잘 알고 있었다.

"개인적으로 변호사를 사지 않고 법무 팀을 이용하고 있습니다. 회사 법무 팀의 숫자야 사실 뻔하죠."

저쪽이 개별적으로 변호사를 사지는 않을 것이다.

그러면 지는 순간 그건 다 마이너스로 남으니까.

"하지만 법무 팀을 이용하면 돈이 안 들죠. 뭐, 들어 봐야 보너스 정도일 테고요."

그런데 수십 명에서 한 달에 오백 건에 달하는 소송을 하기 위해서는 그걸 시스템화할 수밖에 없다.

"아, 그런가요?"

"지금은 주 5일 근무입니다. 한 달에 20일 근무한다고 쳐도 하루에 스물다섯 건 정도의 소송을 넣어야 합니다."

넣는 것만이 문제가 아니다.

해당 경찰서에 가서 진술해야 하고, 재판에 참가해야 하며, 관련 자료들을 정리해서 넘겨야 한다.

그 자료들의 이름도 다 따로 분류해야 하고 말이다.

"더군다나 그들은 사람들을 동원해서 증거를 모으고 있지요. 아무리 법무 팀을 확충한다고 해도 한계는 명확합니다. 애초에 법무 팀이라는 건 이런 식으로 굴러가는 곳이 아닙니다. 한계가 명확하죠."

사람들은 법무 팀을 무슨 법률 전문가로 이어진 내부 법률 집단쯤으로 생각하는데, 반은 맞고 반은 틀리다.

법무 팀은 변호사 자격증을 가진 소수의 사람들과 함께 근무하는 다수의 일반인으로 구성되어 있다.

"우리 새론과 비슷하지만 다른 점은, 사건을 담당하는 변호사의 숫자가 적다는 겁니다."

그리고 그 법무 팀에서 커버하는 사건의 종류는 뻔하다.

내부적으로 자주 일어나는 사건, 또는 그다지 크지 않은 사건들.

"당장 대룡만 해도 우리를 외부에 따로 두지 않습니까? 그 이유가 뭐겠습니까?"

전문적이고 난이도가 있는 사건들은 결국 외부의 법무 법 인들이 가지고 간다.

"그 말은, 내부적으로 봐도 법무 팀의 실력이 사실상 뻔하 다는 걸 의미하죠."

법률의 기준이 아니라 기업의 기준으로 법을 재단하니 당 연히 그들은 시스템화될 수밖에 없다.

"그런 시스템의 약점을 찾아내는 건 어려운 일이 아닙니다."

"하지만 우리 새론도 시스템화되어 있지 않나요?"

"좀 다르죠."

노형진이 시스템화해 놨다지만 그건 어디까지나 기본적인 틀일 뿐이다.

사건에서 쉽게 보이는 특징과 그 공략을 구분해 둔 거지, 그 사건 자체의 변수를 감안하지 않은 것은 아니다.

"그걸 커버하는 게 우리는 변호사지만, 저쪽은 일반 직원 인 거죠."

그러니 이쪽에서는 기존 시스템에서 사건별로 다른 부분 을 별도로 적용하는 게 가능하지만, 저쪽은 전문 변호사가 아니라 대부분의 직원들이 정확하게 처리하기 어렵기 때문에 사건별 적용의 한계가 명확하다.

"그러니 우리가 역으로 그 약점을 잡아서 시스템화해 두면 아마 보험회사들은 머리가 아플 겁니다."

그리고 그들이 이런 짓거리를 하는 동안 분명 새론도 하늘도 적지 않은 수익을 낼 수 있을 것이다.

"일단 사건 기록을 한번 봐야겠네요."

노형진은 서류를 보면서 말했다.

이제 그들의 시스템을 파악할 순간이었다.

⚖

며칠 후 대충 시스템을 파악한 노형진은 회의를 시작했다.

"일단 시스템은 간단합니다. 보험을 수령한 수령인의 뒷조사 이후에 고소한 사실과 민사 내용은 확인해 봤습니다만 아무래도 표준화되어 있는 것 같습니다."

모든 서류를 손에 넣은 건 아니기 때문에 확실하게 알 수는 없지만 기본적인 문장의 구조나 사건의 서술을 보면 그렇게 판단할 수 있었다.

여러 사건을 주요 인물이나 사건 번호 등만 바꿔 가면서 쓰는 경우는 형태가 뻔하니까.

"흠, 그건 알겠네. 그러면 최준태 박사에 대한 고소장도

들어갔나?"

"네, 확인했습니다. 이틀 전에 경찰에서 소환했습니다."

"허, 왜 우리가 이런 걸 몰랐지?"

김성식은 혀를 끌끌 차면서 말했다.

그래도 한국에서는 나름 힘이 있고 유명한 법률 회사라고 생각했는데 이런 일이 벌어질 줄은 몰랐던 것이다.

"아무래도 우리 쪽은 집단소송이 전문이니까요."

"하지만 이건 집단소송 아닌가?"

"그건 우리가 공격할 때의 이야기죠. 이건 당하는 경우입니다."

외부적으로 보면 집단소송이 맞지만 반대로 당하는 사람 입장에서는 개별적 소송으로 보일 수밖에 없다.

"피해자들은 피해 집단을 구성할 수가 없으니까 당연히 모르지요. 그 사람들은 아마 대부분 개별적으로 대응할 겁니다."

그리고 개별적으로 대응한다면 그들이 보험회사를 이길 수 있는 가능성은 크지 않다.

"아마 변호사들도 이게 이렇게 집단소송 형태로 이루어지는 건지 모를 겁니다."

"이렇게 드러난 소장에?"

"애매한 거죠. 우리야 예상하고 찾은 거지 않습니까?"

하지만 모르는 사람이 봤다면 약간은 미흡하지만 일반적인 소장의 형식은 다 가지고 있다.

더군다나 노형진이 말한 것처럼 기본적으로 법무 팀은 실무를 변호사가 아닌 직원이 하기 때문에 때때로 이렇게 소장의 형식이 미흡할 수도 있다.

"그래서 언론에도 나가지 않은 거고요."

개인의 소송이니 그걸 언론이 다 보도해 주지는 않을 것이다.

"설사 언론에서 알았다고 해도 이걸 보도해서 일을 키울까요, 아니면 돈을 받고 입을 다물까요?"

"하긴, 언론사 신뢰도 꼴찌라는 말이 괜히 나온 말이 아니지."

김성식은 혀를 끌끌 찼다.

노형진이 노력해서 언론사를 제재할 수 있는 법이 만들어졌지만 그건 어디까지나 거짓말하지 못하게 만든 거지, 그들이 진실을 감추는 것까지는 어떻게 할 수 있는 방법이 없다.

"그러면 일단 언론을 통해 언플을 할까요?"

고연미 변호사는 연예계 출신답게 그게 가장 빠르다는 듯 말했다.

"이게 이슈화되면 피해자를 모으는 게 쉬울 테니까요."

"힘들 겁니다."

"네?"

그 말에 고연미는 고개를 갸웃했다.

"힘들다니요?"

"보험은 여러 가지 업종 중에서 광고가 가장 많은 업종입니다."

"아!"

그 말에 고연미는 바로 알아들었다.

"광고 수익이 떨어질 걸 두려워해서 보도를 안 하겠군요."

"100% 그럴 겁니다."

방송을 틀어 보면 가장 많은 광고를 하는 건 다름 아닌 보험이다.

비싼 공중파는 물론이고 케이블이나 종편, 신문, 인터넷 할 것 없이 보험은 어마어마한 광고를 집행한다.

보험이라는 것 자체가 결국 다수의 사람들에게 피해를 분산하여 보조하는 형태로 커버하는 게 목적이기에 가입자가 많을수록 유리하기 때문이다.

"우리가 싸워야 하는 대상은 두한보험만이 아닙니다."

사실상 보험 업계 전반에 대한 싸움이니, 이 사실을 알고 있는 언론사들이 소송에 대해 보도할 가능성은 제로라고 봐도 무방하다.

"인터넷 언론을 이용해도 말인가?"

"그쪽도 보험 관련 광고가 들어갑니다. 사실 그쪽이 더 간절하죠."

급이 떨어진다는 인식 때문에 인터넷 언론은 그다지 비싸고 좋은 광고가 들어가지 않는다.

그런 상황에서 가장 돈을 많이 주는 광고는 다름 아닌 보험.

"흠."

"그리고 아직은 때가 아니라고 생각합니다."

"때가 아니라고요?"

"네, 제가 봐서는 말입니다. 아직 이쪽도 시스템화되어 있지 않지 않습니까?"

어찌어찌 이슈화하거나 광고해서 사람들을 모았다고 치자.

그러면 그들을 위해 싸워야 한다.

"하지만 아직 우리도 규격화되어 있지 않아서 각 변호사들이 알아서 싸우는 형태가 될 겁니다. 우리의 무기와는 거리가 좀 있죠."

"하긴, 그건 그렇군."

새론의 가장 강력한 무기는 공격이든 방어든 형태의 기반을 잡아 둔다는 거다.

그런데 그 형태가 근본적으로 상대방의 문제를 공격하는 거다 보니 비슷한 형태의 소송에서 빠른 적용이 가능해 압도적으로 유리하게 진행될 수 있다.

"그러니 최준태 박사님의 사건을 기준으로 시스템을 만드는 게 우선이라고 생각합니다."

"하긴, 그쪽도 규격화되어서 소송한다면 그게 맞겠지. 그러면 자네는 뭔가 알아내서 가지고 온 거겠군. 단순히 그런 말을 하자고 회의하자고 하지는 않았을 테니까."

김성식의 말에 노형진은 고개를 끄덕거렸다.

"일단 이 사건에서 가장 문제가 되는 사항은 다름 아닌 저들이 제출한 증거자료입니다."

"증거자료?"

"모든 경우에 해당되는 건 아닙니다만, 상당수 사건에 해당된다고 생각합니다."

"그들이 증거로 내놓은 건 사진이네만?"

"네, 문제는 그걸 얻은 과정이죠."

"그들이 불법적으로 사람을 사서 얻었다고 주장하시는 건가요?"

"물론 그건 기본입니다. 아마 저들도 그 정도는 예상할 겁니다. 그런데 사건 당사자가 증거로써 사진을 찍은 것은 부정할 수 없습니다."

개인적인 장소나 비밀 장소에 들어가서 그랬다면 모를까, 길을 가는 모습이나 일반적으로 개방된 공간에서 생활하는 모습에 대한 자료의 증거능력까지 부정할 수는 없다.

"그들은 그걸 이길 수 있다고 생각해서 시도한 거겠지요."

"그러면?"

"제가 문제 삼는 건 사진이 아니라 그 이전입니다."

"이전?"

이전이라는 말에 다들 고개를 갸웃했다.

이전이라는 게 딱히 이해가 가진 않았으니까.

"이전이라고 하면 아픈 이후 말입니까?"

무태식의 말에 노형진은 고개를 끄덕거렸다.

"아시겠지만 최준태 박사님은 아버님이 사고가 난 후에 한국으로 돌아오셨습니다. 생활을 보조하기 위해서지요."

"그렇지."

"그리고 현재 아버님은 최준태 박사님과 같이 생활하고 계십니다. 당연히 주소가 바뀌었지요. 그리고 아버님은 보험을 수령한 후로 그들과 접점이 없습니다."

"아! 그렇군! 주소의 변경!"

"네. 일단 이 부분부터 문제 삼으면 될 것 같습니다."

최준태의 아버지는 원래 혼자 살았다.

미국에서 활동하던 최준태는 당연히 한국에 집이 없었고 말이다.

그러다가 한국으로 들어오게 되었는데, 혼자 살던 아버지의 집에서 다섯 식구가 사는 것은 불가능하다.

당연히 새로 집을 구해서 온 가족이 이사했다.

"최준태 박사님에게 이미 확인해 봤습니다. 주소를 알려 준 적이 없다고 하더군요."

계속 보험금을 납입하고 있다면 모를까, 이미 보험금을 다 납입하고 사고로 인해 보험금을 탄 상황에서 굳이 주소를 갱신해 줄 이유는 없다.

그렇다고 주소를 갱신하지 않으면 추후 보험금을 타지 못한다는 규정이 있는 것도 아니고, 필요할 경우 갱신하면 그만이다.

"하지만 어떻게 최준태 박사님의 아버지의 주소를 알아냈을까요?"

정상적인 과정을 통해서는 그게 불가능하다.

"형사소송이 먼저 시작되었다면 그게 가능할지도 모르지요."

형사소송이 시작된 후에 경찰이 주민등록번호를 조회해서 알아냈다면 이해라도 한다.

하지만 그들은 형사소송을 진행하면서 동시에 증거를 제출했다.

"명백한 개인 정보 보호법 위반입니다."

"그래서 상황에 따라 쓸 수 있고 없고의 차이가 있다는 거군."

누군가는 이사했을 수도 있지만, 누군가는 이사를 안 했을 수도 있다.

"일단 이 부분에 관해서는 각 사건에 탄력적으로 적용하면 됩니다. 저는 이 사건의 핵심이 의사라고 생각합니다."

"의사?"

"그렇습니다."

노형진은 고개를 끄덕거렸다.

"사건의 판가름은 거기에서 날 겁니다."

며칠 후 노형진은 최준태를 데리고 경찰서에 출두했다.

변호사가 활약하는 시점은 재판이지만 사건은 재판정 밖에서도 진행되는지라 경찰서에서부터 시작하는 게 맞다.

당연히 경찰은 어떻게 해서든 변호사들을 동석하지 않고 사건을 조사하려고 한다.

"그 별거 아닌 거 가지고 변호사까지 사는 건 너무한 거 아니에요?"

여자 경찰은 최준태를 보면서 짜증스럽게 말했다.

그런 경찰을 보고 노형진은 헛웃음이 나왔다.

"당신, 경찰 한 지 얼마나 된 겁니까? 예의 좀 차리시죠."

"어디다 대고 예의 타령이야, 변호사 나부랭이가?"

"허?"

노형진은 어이가 없어서 여자 경찰을 바라보았다.

아무리 봐도 고작 스물두어 살이나 되었을 법한 경찰이 자기보다 나이가 많은 변호사에게 반말을 한다?

"지금 뭐 하는 겁니까?"

"범죄자 취조하잖아. 변호사라며? 당신, 범죄자 보호하러 온 거잖아?"

너무 어이없어진 노형진은 옆에 있던 나이 많은 경찰을 돌아보았다.

그는 참담하다는 듯 얼굴을 부여잡았다.

아무래도 뭔가 아는 것 같았다.

"제가 잘못 들은 거죠?"

"잘못 들은 걸로 해 주시면 안 될까요?"

"안 될 것 같습니다만?"

"야, 어디다 대고 질문질이야? 내 질문에 대답이나 잘해."

"야?"

노형진은 슬슬 화가 치밀었다.

물론 경찰들이 피의자에게 거칠게 대하는 걸 하루 이틀 본 건 아니다.

하지만 그건 어디까지나 피의자의 범죄 사실이 확실한 경우, 그리고 반성도 하지 않고 적대적으로 나오는 경우였다.

그리고 설사 그런 경우라고 해도 이쪽에 변호사가 있으면 책잡히기 싫어서라도 경찰은 피의자에게 조심스럽게 대하기 마련이다.

그런데 지금 피의자도 아닌 변호사에게, 그것도 자기보다 나이가 많은 사람에게 '야.'란다.

"이게 뭡니까?"

심지어 다른 경찰들조차도 답이 없다는 듯 고개를 돌리는 걸 본 노형진은 이해가 가지 않았다.

경찰은 위계질서가 무척이나 강하다.

그런데 이런 꼴을 다른 경찰이 그냥 둔다?

"노 변호사님, 저기 명패 좀."

"명패요? 아니, 명패가 왜? 하?"

무심결에 명패를 본 노형진은 단박에 상황을 이해했다.

경위. 그녀의 직책이었다.

아무리 여자에게 온갖 혜택을 주는 경찰이라고 해도 저렇게 어린 사람에게 경위라는 직책을 주지는 않는다.

능력의 문제가 아니라, 그 아래에 순경과 경장과 경사가 있으니까 아무리 승진이 빨라도 저런 20대의 어린 사람이 경위를 달 수는 없다.

딱 한 가지 경우만 빼고 말이다.

'그럴 만하네.'

경위면 사실상 지금 여기 경제 팀에서 최고참 수준이라는 건데.

'경찰대생 출신이네.'

경찰대를 졸업하면 부여받는 계급이 경위다.

당연하게도 경찰대도 대학인지라 졸업하면 스물두 살에서 스물세 살.

규정상 경찰대를 졸업하면 순환 보직에 들어가서 근무해야 하는데, 지구대나 파출소에서 6개월 그리고 경찰서 경제 팀에서 1년 6개월 근무해야 한다.

원래 규정은 지구대나 파출소에서 1년, 정복 사복 부서에서 6개월이었지만 강력계 등 위험한 곳을 피하고 싶어서 그렇게 규정을 바꾼 것이다.

'그리고 보험 사기는 경제 팀이지.'

경제 팀에서 경위라는 건 상당히 높은 직책이고, 거기다 경찰대 출신이면 사실상 승진이 확정된 사람이나 다름없다.

더군다나 다른 곳도 아닌 서울 시내에 배치되었다?

'백이 든든하시다 이거군.'

당장 다른 경찰들의 반응을 봐도 이해가 간다.

다들 말리거나 한 소리 하는 대신 모른 척하고 있다.

때때로 노형진이 누군지 모르고 도발하는 놈들이 있을 때마다 그들은 다급하게 그놈의 뒤통수를 후려치면서 노형진에게 죄송하다고 해 왔다.

그래서 실수면 그러려니 하고 넘어갔다.

하지만 모른 척한다?

'경찰대생이라 이거지.'

경찰대생이라서 나쁜 게 아니다.

문제는, 경찰대생은 군대로 치면 사관학교 졸업생이라는 거다.

당연히 강력한 승진 대상이고, 대부분의 경찰 고위직은 경찰대생 출신이다.

그렇다 보니 경찰대생이 빡쳐서 자기 선배에게 한마디만 해도 그 경찰의 인생을 조지는 건 어려운 일이 아니라는 것이다.

'종종 이런 놈들이 있단 말이지.'

경찰대라는 건 경찰의 중추를 키워 내기 위해 만들어진 곳이다. 즉, 필요한 인재를 키워 내는 곳이라는 거다.

하지만 때때로 그게 특권이라고 생각하는 놈들이 있다.

실제로 술에 취한 경찰대생이 출동한 경찰을 구타하면서 어디 버러지 같은 순경 따위가 자신한테 손대느냐며 난동을 피운 사건이 있었다.

자신은 경찰대생이고 졸업하는 순간 경위인데, 순경 따위가 감히 자신의 몸에 손을 댔다는 것이다.

물론 헛소리다.

경찰대생은 경찰이 아니라 민간인이고, 경찰은 술에 취해서 난동을 부리는 민간인을 제압할 권한이 있는 사람이다.

결국 그는 나중에 경찰대에서 잘려 버리고 말았다.

하지만 그 사건은 많은 걸 알려 준다.

경찰대생이 얼마나 다른 경찰들을 무시하고 자신들이 특권을 가진 계급이라고 생각하는지 말이다.

그리고 그 버릇을 고치는 건 쉽지 않다.

학교 폭력의 가해자들이 졸업 이후에도 똑같은 짓 하다가 감옥에 가는 것처럼 말이다.

'보아하니 졸업한 지 얼마 안 된 사람 같은데.'

상식적으로 말이 안 된다고? 세상은 비상식 천지다. 사관학교 졸업한 소위가 군 생활을 40년 가까이 한 원사에게 대가리를 박게 하는 경우도 있다.

참고로 군 생활 40년 한 원사면 대령급도 쉽게 말 못 놓는 사람들이다.

하지만 그는 단순히 계급으로, 원사는 소위 아래니까 내가 더 높다고 생각해서 대가리를 박게 한 것이다.

물론 대가리를 박는 건 군법상 불법이라 그 소위는 바로 다음 날 헌병대의 방문을 받아 주소를 군 형무소로 옮겨야 했다.

'세상 물정 모를 나이이기는 한데.'

노형진이 주위 경찰들을 바라보자 다들 시선을 피했다.

'대신 좀 처리해 달라는 느낌인데. 뭐, 기꺼이.'

그런 거라면 해 줄 만한 일이다. 저들도 기브 앤드 테이크라는 걸 모르지는 않을 테니까.

그리고 동료인 경찰들이 이럴 정도라면 자기보다 계급이 낮다는 이유로 얼마나 갑질을 했을지 안 봐도 뻔하다.

"경위님, 선 넘지 마시죠."

"아, 시끄럽고 이름."

"묵비권 행사하세요."

"뭐?"

"이런 강압적인 분위기에서는 저희 조사 못 받습니다."

"범죄자 주제에 뻔뻔하네."

"저희는 범죄자가 아닙니다. 분명 저희는 참고인 조사를 받으러 온 겁니다만."

아무리 보험사에서 보험 사기로 고소를 넣었다고 해도 바로 피의자가 되지는 않는다.

일단 처음에는 참고인으로 조사하고, 그 후에 가능성이 있으면 피의자로 변경되는 것이 정상이다.

"일어나시죠. 참고인으로서 저희는 조사에 응하지 않겠습니다."

피의자와의 차이는, 참고인의 경우는 조사받지 않아도 그만이라는 거다.

"미쳤어? 지금 업무방해로 처벌받고 싶어?"

"지금 뭐라고 했습니까?"

"업무방해로 처벌받고 싶냐고!"

"그렇단 말이지요. 지금 이거 녹음 중인 거 아시죠?"

"어쩔 건데?"

"그러시다면야 뭐."

노형진은 어깨를 으쓱하면서 말했다.

"협박 및 직권남용 혐의로 고발하도록 하지요."

"뭐?"

그 말에 그 여자 경찰의 시선이 흔들리기 시작했다.

"일어나시죠, 박사님."

"어, 그래도 됩니까?"

"그래도 됩니다. 뭐, 바로 강력계로 넘어갈 테니까요."

"너 지금 뭐라고 했어! 여기가 어딘지 알아!"

"경찰서죠. 그리고 당신은 여기 경찰이고."

"네가 고소한다고 해서 다 네 맘대로 될 것 같아?"

"아이고, 지금 그러니까 경찰서 내부에서 대놓고 위력으로 징계를 빼 버리겠다 이거군요. 이것도 월권입니다. 아니다. 이 경우는 업무상배임이 되겠군요. 한 건 더 들어가야겠습니다."

노형진이 말할수록 그녀는 당황했다.

지금까지 상대한 사람들은 모두 자신이 화내면 어쩔 줄 몰라 했기 때문이다.

물론 그래 봤자 고작 네 명뿐이었지만.

"아, 거기 감사실 좀 불러 주시고요. 아니, 여기가 현장이니 현장 증거 확보 좀 하겠습니다. 강력계로 가서 누구 한 명 데리고 오세요."

"네?"

"안 데리고 오면 당신도 업무상배임입니다."

"전화 한 통 해도 되겠습니까?"

"네, 그러세요."

눈치 빠른 과장이 마치 안다는 듯 전화기를 들고 나갔고, 잠시 후 강력계에서 경찰 한 명이 왔다.

"어이, 서 경위. 협박했다면서? 일단 사건에서 빠져."

"제가 왜요!"

"협박당했다는 피해자의 사건을 협박범이 하는 게 말이 된다고 생각해?"

"저는 제 합당한 권리로……."

"합당한 권리 좋아하네. 너 월권한 거 맞아. 오늘 저녁 9시 뉴스에 메인으로 나가기 싫으면 내 말대로 해. 이분이 누군지 알아?"

"누군데 그래요? 고작 변호사 나부랭이……."

"변호사 나부랭이면서 동시에 코리아 타임라인 사주야."

"코, 코리아 타임라인?"

"아, 그러고 보니 기자를 안 불렀네요. 잠깐 기자 좀 부르겠습니다."

노형진이 웃으며 말하자 얼굴이 핼쑥해진 서 경위를 팀장이 끌고 나갔다.

노형진은 그걸 보고 피식 웃으며 핸드폰을 다시 품에 넣었다.

굳이 그렇게까지 할 이유는 없었기 때문이다.

"쟨 뭡니까? 보아하니 이번에 경찰대 졸업한 신참 같은데, 뭘 믿고 저렇게 안하무인이랍니까?"

"담당 수사관 뒷조사까지 하고 오셨어요? 이번에 졸업한 건 어떻게 아셨데?"

"나이랑 계급 보면 그거 말고는 답 없죠, 뭐. 그것보다는 아무리 그래도 저렇게 안하무인일 수가 없는데?"

경찰대는 경찰의 전문가를 키우는 곳이지 병신을 키우는 곳이 아니다.

최소한의 예의와 대응 절차조차도 모르는 저 정도 수준의 경찰이 나온다는 건 말이 안 된다.

더군다나 다른 경찰들이 경찰대고 나부랭이고 저런 걸 그냥 방치한다는 것도 말이 안 되고 말이다.

"아버지가 서한수 경기도 경찰청장입니다."

"허, 그 정도라면 파워가 끝장났겠는데요."

"그렇지요."

경기도 경찰청장쯤 되면 경찰대학에도 힘을 어마어마하게 쓸 수 있다.

더군다나 경찰대에도 파벌이 있어서, 결국 나가서 승진하기 위해 싸워야 하는 사람들이다.

기업으로 치면 아버지가 계열사 사장이라는 건데 과연 일반 직장인 취급이 가능할까?

"경찰대에서도 물고 빨고 장난 아니었나 보더군요."

낙제해야 하는 실력임에도 불구하고 통과되고, 주변에서는 그녀를 우러러보면서 제대로 컨트롤을 안 했을 게 빤히 보였다.

"그러더니 오자마자 자기 아래 계급의 사람들한테 반말을 까더군요."

"미치겠네. 그걸 그냥 둬요?"

"부장님이 한 소리 했죠. 그리고 다음 날, 부장님 2개월 감봉받았습니다."

"얼씨구."

노형진은 혀를 끌끌 찼다.

"아무래도 경찰대학 쪽에 감사를 한번 신청해야겠네요. 저런 낙제 학생을 통과시키고 말입니다."

때마침 들어오는 과장. 노형진은 그런 과장을 보면서 미소 지었다.

그가 어디에다가 전화했는지 몰라서가 아니다.

알기에 전화하라고 그냥 둔 거다.

"경찰청장은 뭐라던가요?"

"뭐, 당장 튀어 온다고 난리입니다."

"오실 필요 없다고 문자 보내 주세요. 그 시간에 그냥 짐 정리하시라고."

"진짜로 자르시려고요?"

"아니요. 그럴 수는 없죠. 다만 그렇게 해야 집에 가서 철 모르는 핏덩이 교육을 하지 않겠습니까?"

"적당히 바꿔서 보내겠습니다."

과장은 문자를 보내더니 노형진에게 눈짓했다.

"커피 한잔하시죠."

두 사람은 자판기 커피를 들고 조용한 곳으로 자리를 옮겼다.

일단 최준태는 노형진이 이야기가 끝날 때까지 기다리기로 했다.

"뭐, 눈치 빠르게 처리해 주셔서 감사합니다. 그렇잖아도 머리 아파 죽을 지경이었거든요."

"배치된 지 얼마나 된 겁니까?"

"이틀입니다."

"쯧쯧. 핏덩이네요, 핏덩이."

"세상 무서운 거 모를 때죠."

"그나저나 기브 앤드 테이크 아시죠?"

"이번 사건은 딱히 도와드릴 만한 게 없는데요. 규정대로 해야 합니다."

과장은 고개를 갸웃하면서 물었다.

딱히 힘든 사건도 아니고 보험 사기 사건이다. 노형진이 철모르는 애송이 혼쭐을 내 주는 건 고맙고 재미있는 일이지만 규정은 규정이다.

"그런 건 저도 원하지 않습니다. 다만 두한이나 다른 보험사 쪽 관련해서 정보가 있으신가 해서요."

"흠, 두한 사건이 좀 많이 늘기는 했지요."

"보험 사기와 관련해서 말이죠?"

"네, 지금 두한에서 하루에도 수십 건씩 고소를 넣는다고 하더군요."

그 말에 노형진은 목소리를 낮췄다.

"그래서, 위에서는 뭐라고 하던가요?"

"그거야……."

"다른 곳도 아니고 두한이 법대로 할 리가 없지 않습니까?"

그 말에 과장은 쓰게 웃었다.

'하긴, 귀신을 속이지, 노형진을 어떻게 속여?'

단순히 신참 경찰이 싸가지 없게 구는 것만으로도 어디 소속인지 백이 있는지 없는지까지 다 판단해서 대처하는 노형진이다. 그런 사람을 속여 봐야 자신에게 도움이 될 게 없다.

더군다나 두한의 짓거리는 자신도 마음에 안 들었다.

"가능하면 기소 쪽으로 가닥을 잡으라고 하더군요."

역시 이런 정보는 현실적으로 경찰과 친하지 않다면 나올 수 없는 것이다.

"뭐, 누가 말했는지는 말하기 그렇지만요."

"괜찮습니다. 그런 건 상관없어요. 어차피 뭐 한두 놈도 아닐 테고."

경찰서가 여기에만 있는 것도 아니고, 전국에 있는 경찰서에 다 로비했을 테니까.

과장은 짜증스러운 표정으로 말했다.

"미친 새끼들. 일단 찔러보겠다는 심정인데, 이게 말이나 됩니까? 이따위 상황이면 제가 누굴 믿고 일합니까?"

경찰들에게 있어서 보험은 생각보다 중요한 일이다. 업무 자체가 위험한 경우도 있기 때문이다.

지금이야 경제 쪽이지만 언제 부서가 바뀔지 알 수 없으니까.

그런데 거기서 일하다가 칼이라도 찔려서 병신이 되면 그걸 대비하는 방법은 보험뿐이다.

그렇잖아도 경찰은 보험을 가입할 때 고위험군으로 분류되어서 보험 가입이 거절되거나, 가입하더라도 다른 사람들보다 더 많은 보험료를 내야 하는 게 현실이다.

그런데 그랬다가 나중에 협박당하는 걸 보고 있으니 속이 쓰릴 수밖에 없다.

"일단 저희 입장에서는 불기소를 하고 싶기는 한데, 현실적으로 아마 힘들 겁니다. 저희 쪽에서 불기소를 넣어 봐야 검찰에서 뒤집을 테니까요."

사실 이런 사건은 경찰이 뭔가를 할 수가 없다.

검찰 단계에서 이미 답을 정해 둔 거니까.

"그래서 유감이지만 저희가 어떻게 해 드릴 수 있는 게 없습니다."

"아, 사건을 덮어 달라는 게 아닙니다. 오히려 반대죠."

"반대?"

"네, 규정대로 처리해 달라는 겁니다."

"규정대로라고 하신다면?"

"규정대로 사기의 관련자들을 모두 엮어야지요."

그 말에 과장은 고개를 갸웃했다.

사기의 관련자라고 하면 결국 보험사의 보험료를 받은 피보험자다.

"누구, 엮을 사람이 있습니까?"

"있죠. 의사가 있지 않습니까?"

"의사요?"

"네. 애초에 이 모든 사건의 시작은 의사죠."

노형진이 이 사건에서 찾아낸 결정적인 약점. 그건 다름 아닌 의사다.

　"애초에 모든 진단은 의사가 내립니다."

　만일 의사가 정확한 진단을 내렸다면?

　그렇다면 속인다는 건 불가능하다.

　보험사들은 철저하게 인간의 가능성과 노력을 무시한다.

　의사가 재활이 불가능하다고 했는데 너희는 재활에 성공했다, 그러니 너희는 사기꾼이다.

　이게 그들의 주장이다.

　"하지만 이 말에는 맹점이 있지요."

　의사들이 거짓말을 했다는 것.

　다친 사람들의 말만 듣고 거짓말을 했을 수도 있고, 제대로 일을 하지 않아서 결과적으로 거짓말을 한 게 되었을 수도 있다.

　어떻게 보면 공범이라고 볼 수도 있다.

　"의사를 엮으라고요?"

　"네, 맞습니다. 제가 부탁드리고자 하는 건 그겁니다. 그게 딱히 불법은 아니지 않습니까?"

　"흠, 확실히 불법은 아니죠."

　보험 사기라는 것은 결국 다른 누군가가 거짓말을 해 줘야 성립될 수 있는 사항이다.

　물론 의사에게 이유도 없이 '못 걷겠습니다.' 같은 거짓말을 할 수는 있다.

하지만 의사는 그에 맞는 판단을 내려야 한다.

하다못해 신체적으로 문제는 없으나 걷지 못하는 것을 심리적 문제라고 판단하는 것도 방법이다.

"그런데 제가 알기로는 이런 사건들에서 인정되는 의사들의 소견서는 그런 게 아닐 텐데요?"

애초에 보험은 심리적 보상이 아니라 육체적 상해를 기본으로 지급된다.

애초에 심리 보험은 성립할 수가 없는 게, 열 길 물속은 알아도 한 길 사람 속은 모른다는 속담이 그냥 생긴 말이 아니기 때문이다.

"호오? 그러니까 보험 사기를 친 사람들로 의사를 엮으라는 말씀이군요."

"네, 그리고 그게 규정상 맞지 않습니까?"

"맞지요."

보험사에서는 상대방을 압박하기 위해 고소했겠지만 경찰은 사건 자체를 제대로 파고들어야 하는 의무가 있고, 그 끝에는 당연히 의사가 있다.

보험사는 얍삽하게 의사는 빼고 고소를 진행해서 압박하는 게 목적이겠지만, 엄밀하게 말하면 의사를 제외하고서는 사건 진행 자체에 한계가 생긴다.

"더군다나 의사는 이 경우에 처벌이 강해집니다."

보험사도 바보는 아니다.

유명 대학 병원이나 공신력이 있는 병원에서 써 주는 진단서는 믿어 주지만, 그렇지 않은 경우 자기네들이 거래하는 병원에서 별도의 검사를 받도록 한다.

문제는 50억 이상의 사기인 경우는 무기 또는 5년 이상 징역이라는 규정이다.

사실 보험 사기로 50억을 받는 게 쉬운 일은 아니고 그 정도라면 매달 보험료도 1천에 육박해야 하기 때문에, 기업의 보험이 아니고서야 처벌을 받을 가능성은 높지 않다.

'하지만 의사라면 다르지.'

한국은 이런 외과적인 의사들이 부족하고 특히나 공신력이 있는 의사들은 더더욱 부족하다.

사실상 특정 대학 병원의 교수급이나 되어야 공신력을 인정받으니까.

당연히 그런 의사들은 많은 진단서를 떼어 줬고, 보험사들은 그걸 바탕으로 보험금을 지급했다.

"만일 그 사람들이 모두 고발된다면 의사들의 보험 사기 금액은 50억이 훌쩍 넘을 겁니다."

"아, 그런 규정이 있나요?"

"네, 사람들이 잘 모르지만요."

그것뿐만이 아니다.

그 특별법상 상습범의 경우는 형의 2분의 1까지 가중한다.

그 말은 최저 형량으로 따져도 7년 6개월, 최악의 경우 무기징역이라는 소리다.

　그리고 허위 진단서 작성은 명백하게 면허취소 요건이 된다.

　"그러니 의사들은 난리가 날 겁니다."

　사건을 시작하는 건 보험사들이지만 사건을 확대하는 건 경찰이다.

　'경찰이 안 한다고 해도 우리가 고발하면 그만이지.'

　물론 여기는 새론과 가까운 곳이고 그만큼 사건을 많이 했으니 기꺼이 도와주겠지만 말이다.

　"아, 그러고 보니 경기도 경찰청장이 똥줄 좀 타겠군요."

　노형진은 그렇게 말하면서 씩 웃었다.

　"우리 따님께서 아주 든든한 백을 두셨습니다그려."

　그 말뜻을 알아들은 과장은 씩 하고 미소를 지었다.

　그가 얼마나 받았는지 모르지만 본인의 인생과 보험사에서 준 돈을 비교한다면 사실 답은 나오는 거니까.

　"당분간은 바쁘겠습니다."

　관련된 의사가 한두 명이 아니니까.

　"아마 의사들도 바쁠 겁니다, 후후후."

적의 적은 아군

대룡종합병원은 대한민국에서도 알아주는 병원이다.

이 병원에서 긴급하게 회의가 열렸다.

전국 신경학과 교수들의 회의.

긴급하게 열린 회의에, 어지간한 대학의 신경과 관련 교수들은 모두 몰려왔다.

그들은 극도로 분노한 상태였다.

쾅!

단상에 올라간 의사 한 명이 분노를 참지 못하고 테이블을 내려쳤다.

"우리가 보험 사기꾼? 하, 두한 미친 겁니까?"

"아니, 김 교수! 이게 말이나 됩니까?"

"저한테 그러지 마세요. 제게도 출두 명령이 떨어졌습니다."

"김 교수는 뭐, 사전에 들은 거 없어요? 두한 놈들이랑 같이 일하지 않았습니까?"

"그 새끼들이 진단해 달라고 하는 걸 진단해 준 건데, 이렇게 뒤통수를 후려칠 줄 알았겠습니까?"

"이거 도대체 무슨 속셈입니까!"

자세한 상황을 모르는 의사들은 분노로 벌벌 떨었다. 뜬금없이 의사들을 모조리 보험 사기 혐의로 경찰서에서 소환했기 때문이다.

그것도 한두 명이 아니고 신경 쪽의 유명 의사들이나 급이 되는 의사들 전부를 말이다.

"저희 쪽 병원 정형외과 쪽 의사들에게 모두 소환장이 날아왔다고 하더군요. 뇌 전문의들에게도 일부 소환장이 온 모양이고요."

"자세한 정보를 아는 사람 없습니까?"

다들 분노로 부들부들 떠는 상황에 한 사람이 손을 들었다.

"잠깐, 집중해 주십시오."

그는 다름 아닌 대룡종합병원의 신경외과 학과장이었다.

"제가 여러분을 이렇게 긴급하게 모이라고 한 이유는 바로 그 사유 때문입니다."

"그 사유?"

"그렇습니다. 왜 갑자기 의사들에게 소환장이 날아왔는

가, 하는 거죠."

"그걸 아는 겁니까?"

"아니, 왜 다른 사람은 모르고 당신만 아는 거요?"

"그걸 지금부터 설명해 드리겠습니다."

학과장은 목을 가다듬고 조용히 말했다.

"다들 아시겠지만 보험 업계는 매년 상당한 수익을 창출하고 있습니다. 하지만 그들의 욕심은 끝이 없죠. 그리고 주로 두한보험이 좀 욕심이 과합니다. 두한이 사정이 안 좋은 건 다들 아실 테니 넘어가지요."

"거 중요하지 않은 건 그냥 넘어갑시다."

"중요하니까 말씀드리는 겁니다."

그 말에 소란스럽던 좌중이 조용해졌다.

학과장은 이야기를 이어 갔다.

"저희 대룡과 새론이 친밀하다는 건 아실 겁니다. 그런데 얼마 전 새론에서 의외의 정보가 나왔습니다."

"의외의 정보?"

"두한이 상황이 안 좋아지자 그 손해를 메꾸기 위해 보험사를 이용한다는 거죠."

"그게 무슨 말입니까?"

보험사와 자신들이 무슨 관계인지 의사들은 쉽게 이해가 가지 않았다.

그러나 이어지는 말에 기가 차서 말을 하지 못했다.

"보험 관련자들에게 보험 사기로 고소를 넣고, 합의금을 유도하거나 지급받은 보험금의 반환을 요구하는 전략을 쓰고 있다고 합니다."

"보험 관련자들?"

"다들 신경학과의 교수님들이시지 않습니까? 하루에도 수십 건을 판단하는데, 그중에는 재활 여부를 판단하는 경우도 많지요."

그리고 상당수의 경우 보험금과 관련된 서류 발급을 요구해서 환자가 보험금을 받을 수 있게 도와준다.

"그러니까 우리가 보험 사기를 쳤다, 바로 그게 두한의 입장이다?"

"두한뿐만이 아닙니다. 다른 보험사들 역시 그 포지션을 이어 가고 있습니다."

"이런 미친."

"보험사들이 단체로 미친 겁니까?"

물론 보험사들이 노리는 건 의사들이 아니라 환자들이다.

하지만 노형진이 관련자들이라는 불확실한 단어를 선택하는 바람에 의사들은 보험사들이 자신들을 노린다고 생각할 수밖에 없었다.

"우리가 만만하게 보인 거죠. 우리에게 저항할 방법이 없다고 생각하고 있는 겁니다."

학과장은 담담하게 말했다.

"그리고 그 말은 반쯤은 사실이고요."

"반쯤은 사실이라고요?"

"네. 사실 우리가 보험사를 상대로 싸울 만한 방법이 없지 않습니까?"

의학과 보험은 아주 밀접하게 관련되어 있다.

하지만 대한민국의 시스템에서 보험과 의사는 아주 먼 거리에 위치하고 있다.

이게 무슨 소리냐면, 한국은 미국처럼 보험사가 병원에 직접 보험금을 지급하는 게 아니라, 일단 환자가 먼저 병원비를 내고 받은 진단서와 영수증을 제출하면 그것을 토대로 보험사에 보험금 지급을 요청하는 형태를 띠고 있다.

"우리가 환자들을 거부할 수는 없습니다. 아시겠지만요."

그리고 환자들이 돈을 받지 못하는 건 사실 환자의 문제이지 의사들의 문제는 아니다.

"우리에게는 이미 돈이 지급된 상황이니까요. 그러니까 직접적으로 뭔가를 보험사에 요구할 수는 없습니다. 그래서 보험사도 막 나가는 겁니다. 직접적으로 관련이 없으니까, 우리가 복수할 방법이 없다고 생각하는 겁니다."

"끄응."

"이런 개 같은 경우가 어디 있습니까?"

"차라리 보험사에 불리하게 판정을 내리는 건 어떻습니까?"

몇몇 의사들이 화가 나서 꼬투리를 잡자고 했지만 학과장은 고개를 흔들었다.

"그런다고 해서 얼마나 피해를 줄 수 있겠습니까? 우리가 그들에게 가짜 진단서를 줄 수는 없습니다. 그건 저들이 원하는 겁니다. 명백하게 진단서를 조작하는 거니까요."

물론 약간의 변통은 가능하기는 하다.

가령 전치 3주 나온 걸 진단서에 4주라고 쓸 수도 있고, 장애가 발생하는 경우 30% 나올 걸 35%라고 쓸 수도 있다.

하지만 딱 거기까지다.

그 이상으로 올라가 버리면 진짜 진단서를 위조하는 꼴이 된다.

"그렇게 되면 그놈들이 다시 물어뜯을 겁니다."

"그러면 어쩌자는 겁니까? 우리가 이대로 당할 수는 없지 않습니까?"

어차피 돈은 환자가 먼저 내는 거니까 보험을 이유로 치료를 거부할 수도 없다.

"그런데 새론 쪽에서 재미있는 부탁을 해 왔습니다."

"재미있는 부탁?"

"환자들을 편들어 줄 수 있느냐는 거죠."

"무슨 말입니까?"

"아까도 말씀드렸다시피 보험사들의 목적은 관련자들을 보험 사기로 처벌해서 지급된 보험금을 돌려받거나 배상금을 받아 내는 겁니다. 그 과정에서 우리도 표적이 되는 거지요."

"그런데요?"

"환자들과 우리가 손잡고 집단적으로 반발하면 어떨까요?"

그 말에 다들 잠깐 침묵을 지켰다.

"다들 아시겠지만 이 사건이 외부로 나가면 보험회사에서 언론 플레이를 할 겁니다. 부패한 의사들이 보험 사기를 쳤다는 식으로요."

"으음."

물론 의사들의 사회적인 파워가 약한 것은 아니다.

하지만 다수의 보험회사들과는 비교할 수가 없다.

애초에 대한민국의 대부분의 보험사들은 대기업을 본사로 두고 있으니까.

"그러니 우리가 사회 전면에 나서서 약자들을 보호하는 포지션을 취하는 게 최선이라고 하더군요."

"약자들을 보호하는 포지션이라고요?"

"솔직히 우리가 무슨 이득이 있다고 진단서를 조작해 줍니까?"

돈을 더 받는 것도 아닌데 말이다.

"공론화하라는 거죠. 새론 말로는 이런 방법으로 계속 돈을 벌어 온 것 같으니까 피해자들이 많을 거랍니다. 그러니 마수가 우리 의사들에게 미친 겁니다. 우리가 저항하지 못한다는 걸 알고요."

그 말에 의사들은 관심을 보였다.

하지만 의사들도 바보는 아니다.

애초에 머리가 나쁘면 의사가 될 수가 없다.

"뭔가 이상한데. 노형진 변호사라고 했지요? 우리가 그들에게 놀아나는 거 아닙니까?"

"네?"

"아니, 우리가 뜬금없이 환자들을 보호한다? 보험회사들과 척을 지고? 그러면 우리가 환자 대신 싸우는 꼴이 되는 겁니다. 이건 뭔가 이상한 거 아니냐 이 말입니다, 내 말은. 더군다나 노형진이라면 내가 잘 아는 사람은 아니지만, 소문을 들어 보니 별의별 방법을 다 쓴다고 하던데."

그 말에 학과장은 고개를 끄덕거렸다.

그도 저 의사와 같은 생각을 하기도 했다. 그래서 많이 고민했다.

하지만 어느 순간, 그게 의미가 없다는 걸 알았다.

"그래서요?"

"네?"

"그래서 뭐가 달라지지요? 우리는 이미 고소당했고, 보험 사기의 특성상 우리가 공범으로 엮일 가능성이 아주 높습니다. 아시겠지만 우리는 바뀔 게 없습니다."

일단 재활에 문제가 있을 거라고 한 사람들이 재활에 성공했다.

그것만으로도 보험 사기 가능성은 분명 인정된다.

만일 인정되면 어마어마한 배상금은 기본이고 최소 7년 6개월은 감옥에서 지내야 한다.

그리고 감옥에서 나온다고 해도 의료법상의 허위 진단서 발급으로 자신들의 의사 면허는 모조리 박탈이다.

수십 건의 소송에서 그렇게 된다고 하면?

"그게 아니라면요? 그러면 어떨까요? 우리가 어떻게 해서든 항변하고 소송해서 개별적으로 모든 사건에서 이긴다면요?"

물론 그 과정에서 막대한 변호사비가 들어갈 게 뻔하다.

각 사건마다 대응해야 하니 의사들은 미친 듯이 바빠진다.

변호사에게만 맡겨 둘 수는 없다.

의학 전문가들은 자신이고, 이런 사기 사건에서의 핵심은 그 당시의 판단이 의학적으로 맞는가 하는 것인데 변호사가 그걸 설명할 수 있을 리가 없으니까.

당연히 자신들이 발급한 모든 진단서의 자료를 찾고 그걸 증명해야 한다.

사실상 업무는 불가능해지고, 그 자리는 다른 사람들이 모조리 차지할 거다.

게다가 그렇게 변호사를 사서 어떻게 해서든 이겼다고 치자.

"아마 다들 모르실 텐데, 보험사는 의료 사기의 가능성이 있으면 신고해야 합니다. 할 수가 있다가 아니라요."

선택 규정이 아니라 의무 규정이다. 당연하게도 의사들이 억울하다고 소송을 걸어 봐야 무고도 성립되지 않고 배상금도 나오지 않는다.

의심한 건 의심일 뿐이지만 그걸 신고하는 건 의무 규정이 니까.

"그런 규정이 있다고요?"

"네. 그 규정으로 인해 보험사들은 모든 고발에 관해 무고 나 배상 책임에서 자유로워진다고 하더군요."

"미친놈들."

"우리도 우리에게 유리하게 법을 요구하는데 보험사라고 다르겠습니까?"

당연히 자신들은 어떠한 배상도 받지 못하고 몰락하고 만다.

"그리고 그걸로 끝이 아니지요. 우리가 이겼다는 것과 보 험 사기에 엮이는 것은 전혀 다른 문제이니까요."

"그건 또 뭔 소리요, 학과장?"

"우리야 돈과 지식이 있으니 저항이 가능하겠지요. 하지 만 환자들에게는 그런 게 있겠습니까?"

돈은 있을지 몰라도 지식은 없으니 결국 보험회사의 뇌물 과 압박에 질 수밖에 없다.

"그렇게 되면 그 돈을 받았던 사람들은 보험 사기로 돈을 토해 내야 합니다."

"그거야 우리랑 상관없는 일이지 않소?"

맨 처음 불만을 토로한 의사가 말했다.

아무래도 그는 자신들이 나서서 두들겨 맞아 가면서 싸워 야 한다는 것에 대해 불만이 많은 모양이었다.

"상관없지 않습니다. 만일 그렇게 되면 우리는 능력도 없는 병신이 됩니다."

한두 건도 아니고 수백 건의 진단서가 나갔다.

그런데 그들이 모조리 보험 사기로 처벌받는다?

설사 자신들이 변호사를 사서 관련 없음을 증명해 낸다고 해도 그들을 걸러 내지 못했다는 건 사실이 된다.

"이게 소문나면 어떻게 될 것 같습니까?"

그 말에 다들 얼굴이 확 붉어졌다.

사실 한국의 의료 수준은 전 세계적으로 봤을 때 상당히 발달해 있다.

전 세계에서도 한국은 의료 선진국이다.

그런데 이게 소문이 난다? 다른 나라의 의사들에게 어떤 식으로 보일지는 뻔하다.

"상관없다고요? 우리의 명예가 시궁창에 들어갈 겁니다."

이 정도 되는 사건이 해외로 안 나갈 수는 없다.

그리고 그렇게 되면 다른 나라의 의사들에게 무능하기 짝이 없는 놈들로 보일 게 뻔하다.

"그러니 우리도 제대로 대응해야 한다고 생각합니다."

무시하면 남는 건 오로지 손해뿐. 그러면 답은 하나뿐이다.

제대로 대응하는 것.

"일단 저희 신경학회뿐만 아니라 정형외과 학회와 다른 학회들도 현재 회의 중입니다. 결과가 나오는 대로 저희 쪽에서 기자회견을 할 예정입니다."

그 말에 누구도 반대하지 않았다.

자존심과 미래 모두가 달려 있는 일에 반대할 사람은 아무도 없었다.

⚖

얼마 후 의사협회는 공식적으로 기자회견을 했다.

−일부 보험사에서 수익을 목적으로 장애나 상해 판정을 받은 사람들을 보험 사기로 무차별적으로 고발하는 행위에 대해 저희 의사협회는 규탄을 아니 하지 않을 수가 없습니다. 사람의 생명을 우선시하는 대한민국의 의사로서, 사람의 목숨이 아닌 돈을 우선시해 기존에 지급한 보험금을 돌려받기 위해 피해자들을 보험 사기로 고소하고 나락으로 떨어트리는 일부 보험사들의 행동은 결국 우리가 구한 생명과 그 가족의 생명마저도 빼앗는 행동입니다. 이는 법률을 이용한 집단 학살 행위라 할 수 있습니다. 저희는 이를 막기 위해 보험사에서 요구하는 어떠한 형태의 증언이나 증거도 제출하지 않을 생각입니다. 또한 피해자들을 모아서 그러한 소송을 원천적으로 차단하고…….

기자회견이 언론에 보도되자 날벼락이 떨어진 건 다름 아닌 보험사들이었다.

그들은 의사를 건드릴 생각이 전혀 없었다.

그냥 보험금으로 준 돈을 보험 사기로 엮어서 받아 내는 정도면 된다고 생각했다.

그런데 뜬금없이 의사가 엮이자 그들은 다급하게 관련자들의 회사로 찾아갔다.

돌아가는 상황을 지켜보던 김성식은 혀를 내둘렀다.

"보험사들이 아주 난리가 났군."

"보험 사기를 증명하기 위해서는 의사들의 진단서가 절대적으로 필요하거든요. 그런데 그게 불가능해졌으니까요."

단순히 움직일 수 있다거나 과거보다 나아졌다는 것만으로는 보험 사기가 될 수가 없다. 과거의 진단서와 지금의 진단서를 비교하면서 이렇게 많이 차이 날 수는 없다는 걸 증명해야 한다.

따라서 의사들의 진단서는 기본으로 필요하다. 그런데 그게 모조리 막혀 버렸으니까.

"그런데 그것도 사실 의사들의 자존심을 건드리는 부분이고요."

의사들 중 둘 중 하나는 병신이 되는 상황이니까.

"그런데 왜 굳이 의사들을 이용해서 환자들을 모은 거예요? 환자들을 모으는 건 언론을 통한 광고나 기자회견 같은 걸로도 가능하지 않나요?"

"물론 저도 그 방법은 생각해 봤습니다. 하지만 현실적으로는 가능성이 없어 보이더군요."

"역시 언론의 광고비가 문제인가 보네요?"

"네, 맞습니다."

광고비에 잡혀 있는 언론사들이 보험회사와 반대되는 입장의 이야기를 할 가능성은 그다지 크지 않다.

"하지만 의사라면 이야기가 달라지지요."

"의사들도 광고를 주지 않는 건 마찬가지 아닌가요?"

"물론 마찬가지입니다. 하지만 의사들에게는 생명의 수호자라는 이미지가 있으니까요."

의사들이 이러한 사항을 의사협회를 통해 기자회견까지 했는데 언론에서 무시할 수 있을까?

"의사들은 한국에서도 강한 권력을 가진 권력 집단입니다. 그들을 무시했다가는 나중에 좋은 꼴 보기가 힘듭니다. 더군다나 의사들은 이걸 생명의 문제로 보고 있습니다. 그렇다면 그걸 무시한 언론사들은 어떻게 될까요? 더군다나 지금 의사들은 법률을 이용한 집단 학살이라는 이야기까지 했습니다. 저런 강경한 이야기가 나오기 시작하면 현실적으로 정치권이 끼어들지 않을 수가 없습니다."

"하긴, 그건 그렇더군. 벌써 정치권 일부에서는 이번 사태에 대해 대대적인 조사를 해야 한다고 주장하고 있어."

김성식은 고개를 끄덕거렸다.

"더군다나 이 피해자들은 의사들에게 연락해서 뭉치기 시작할 겁니다. 수만 명의 사람들이 뭉치면 그 세력도 무시할 수 없지요."

지금까지 보험회사에서는 쉬쉬하면서 조용히 사건을 감추면서 돈을 벌어 왔다.

그러나 이제는 그게 불가능해졌다.

"이제 경찰과 검찰은 눈치가 보여서라도 무조건적인 기소는 불가능하게 되었으니까요."

"싸움은 지금부터군."

"네, 맞습니다. 싸움은 지금부터입니다."

그리고 공정한 싸움이라면 노형진은 지지 않을 자신이 있었다.

⚖

이슈화되지 않은 사건과 이슈화된 사건의 대우는 다르다.

다를 수밖에 없다.

물론 이슈화된 사건이라고 해도 정치적인 사건이라면 얼굴에 철판을 깔고 모르쇠로 대응할 수 있기도 하다.

하지만 그게 정치적인 게 아니라 국민들의 생활과 밀접한 관계가 있는 사건이라면 사실상 답은 정해져 있다.

"어, 저기 온다."

"진짜로 무차별적인 고소가 진행 중인 게 사실입니까?"

"보험료를 받은 사람들을 모조리 보험 사기로 고소한다는 게 사실인가요?"

두한보험의 차한광 계장은 입술이 바짝바짝 말랐다.

'쌍, 나보고 어쩌라는 거야.'

경찰에서 고소인 자격으로 질문할 게 있다고 회사에 출석을 요구했는데, 과장이 자신더러 가라고 했다.

물론 법무 팀인 자신이 해야 하는 일인 것은 맞다.

그러나 고작 계장밖에 되지 않은 자신이 언론을 상대로 무슨 말을 하란 말인가.

'알고 나를 보낸 거지. 쌍놈의 새끼.'

과장은 경찰서에 기자들이 죽치고 있다는 걸 알고 자신을 보낸 게 분명했다. 그게 아니고서야 자신에게 달라붙는 백 단위의 기자들을 어떻게 이해한단 말인가?

'어떻게 안 거지?'

자신이 두한보험의 관련자라는 건 전혀 알려지지 않았다.

그렇다고 자신이 유명한 사람인 것도 아니다.

그런데 기자들은 자신이 두한에서 왔다는 걸 알고 질문을 던지고 있었다.

"저희는 모릅니다."

애써 모른 척하는 차한광. 하지만 이미 소문이 파다한 상황에서 기자들이 쉽게 물러날 리가 없었다.

"하지만 저희가 알아보니까 지금까지 형사 고소와 민사까지 하면 수천 건의 소송이 진행 중이라고 하던데, 어떻게 모르실 수가 있는 거지요?"

"저희는 규정대로 하는 겁니다."

애써 거짓말하면서 안으로 들어온 차한광은 다행히 경찰서 안으로는 들어오지 않는 기자들을 보고 안도의 한숨을 내쉬었다.

"젠장, 돌아 버리겠네."

차한광은 이를 갈면서도 돌아갈 때는 또 어떻게 가야 하나 고민했다. 기자들이 저렇게 악착같이 버티고 있으니 쉽게 놔줄 리가 없다는 건 충분히 예상할 수 있었다.

"일단은 경찰서 업무부터 처리하고."

고소자에 대해 재조사하는 건 특이한 일이 아니다.

추가 진술을 받아야 하니까.

더군다나 의사들이 반발하면서 들고일어나는 바람에 온갖 어그로가 다 끌린 상황이다.

각 보험사들은 날마다 소송을 넣는 건 일단 정지했지만 그렇다고 해서 이미 넣은 소송이 사라지는 건 아니었다.

그렇다고 그걸 모조리 취하하자니 자신들이 협박을 목적으로 고소를 넣었다는 걸 인정하는 꼴이라 그럴 수가 없었다.

"어떻게 오셨습니까?"

"오늘 진술 때문에 왔습니다만. 두한보험에서 왔습니다."

"아, 두한보험요. 그러면 3층에 있는 진술실에 가면 됩니다."

"진술실?"

그 말에 차한광은 고개를 갸웃했다.

그럴 수밖에 없는 게, 법무 팀 직원이라 수차례 추가 진술을 하러 왔지만 따로 진술실에서 하는 경우는 드물었기 때문이다.

대부분의 경우 그냥 사무실에서 한다.

진술실은 추가 진술의 신빙성과 증거 가능성 같은 걸 제대로 인정받기 위해 녹음 설비가 준비되어 있는 공간이기 때문에 굳이 거기로 갈 이유가 없었다.

"네, 먼저 와서 기다리고 있습니다."

"먼저 와서 기다린다는 게 무슨 말씀이신지?"

"올라가세요. 그렇잖아도 오래 기다리셨으니까."

그 말에 차한광은 슬며시 불안해졌지만 경찰이 기다리고 있다는 말에 일단 올라가기는 했다.

그런데 그가 들어간 진술실에는 노형진과 최준태가 있었다.

그리고 그 앞에 있는 경찰.

"어……."

"오셨습니까? 그러면 빨리 진행하지요."

"잠깐, 이거 어떻게 된 겁니까?"

"뭐가 말입니까?"

"아니, 여기 저 사람들이 왜 있어요?"

"고소한 대상들 아닙니까?"

"그거야 그런데……."

"저희가 분명 오늘 대질심문 한다고 하지 않았습니까?"

"네? 대질요?"

"네, 분명 이야기했습니다만."

대질심문, 그러니까 사건에 대해서 서로 이야기가 다를 때 양측을 불러서 질문하면서 양측의 반응을 보는 수사 기법이다.

누군가는 거짓말하는 상황이니 그 거짓말을 하는 쪽이 논리적인 허점을 드러내거나 다른 반응을 보일 가능성이 크기 때문이다.

각자 서류에 자기 이야기만 담거나 찾아와서 추가 진술을 하는 경우는 진실을 알아내는 게 복잡하지만, 대질심문을 하게 되면 그 자리에서 실시간으로 반박이 오가기 때문에 사건 자체의 증명이 쉽다.

"분명 오늘 대질심문이라고 알려 드렸는데요."

그 말에 차한광은 정신이 번쩍 들었다.

'과장 이 개새끼.'

아침에 출근하자마자 갑자기 자신에게 추가 진술을 해야 한다면서 보낸 과장.

이게 뭔 소리인가 했더니 대질심문에 나가면 엄청나게 두들겨 맞을 게 뻔하니 자신을 대신 보낸 게 분명했다.

더군다나 지금 눈앞에 있는 피의자 쪽 변호사는 노형진.

두한에서는 그 이름을 모르는 사람이 없다.

두한의 악몽이라고 불리는 사람이니까.

"저기, 뭔가 오해가 있는 모양인데…… 저는 대질인지 모르고 왔습니다."

"이미 이야기하지 않았습니까? 대질인지 모르고 왔다는 게 말이나 됩니까?"

"저는 추가 진술인 걸로 알고 왔습니다."

"어차피 사건 자체는 똑같으니까 앉으세요. 여기서 대질 심문을 거부하시면 사건에서 불리해질 가능성이 있습니다."

경찰의 말에 차한광은 이를 뿌드득 갈았다.

기자들이 왜 그렇게 경찰서 입구에 몰려 있나 싶었더니 노형진이 오늘 대질이 있다고 그들을 부른 게 분명했다.

'악몽이야. 이건 진짜 악몽이야.'

차한광은 불안한 표정으로 자리에 앉았다.

도망가고 싶지만 도망갈 구석이 없다.

"일단 피의자 쪽에서 문제 삼은 게 있습니다. 최준태 씨의 아버지인 최광용 씨의 주소는 어떻게 아셨습니까?"

"네? 그거야 당연히 저희 쪽 기록을 보고 알았습니다."

"그럴 리가요. 최광용 씨는 보험금 수납 이후에 주소를 옮기셨습니다. 애초에 근처로 이사한 것도 아니고, 원래 사시던 곳은 대구시였지만 아드님인 최준태 씨가 귀국하면서 화성으로 주소를 옮기셨습니다만."

"네?"

차한광은 그 말에 정신이 아득해졌다.

당연히 차한광은 그걸 몰랐다.

그에게 온 증거는 상당히 나아진 최광용이 거동하는 장면이었고, 그걸로 고소하라고 시켜서 그에 대한 고소를 진행한 것뿐이니까.

'의뢰인은 모두 거짓말을 한다. 그건 기본이지.'

심지어 부하 직원들에게조차도 거짓말한다.

아니, 부하 직원이기에 더더욱 거짓말하게 된다. 자존심도 상할뿐더러 나중에 나가면 배신자가 될 수 있기 때문이다.

'증거를 모으는 과정에서 벌어진 불법행위를 말해 줬을 리가 없지.'

당연히 그 말을 들은 법무 팀의 직원은 대꾸를 못 할 게 뻔하다.

물론 그 자체가 경찰에게는 의심스러운 행동으로 보인다.

"개인 정보 보호법을 위반한 거 아닙니까?"

"아니, 그건……."

"그러면 어떻게 최광용 씨의 주소를 알아내신 건가요?"

"그건 저희가 사건을 고소하면서…… 자연스럽게……."

"네, 고소하면서 사진을 제출하셨지요. 동영상도 제출하셨고요. 그런데 그건 고소 이전에 촬영된 겁니다. 그 말은, 경찰을 통해 주소를 확인한 게 아니라는 거죠. 그러면 그 정보는 다른 곳에서 얻었다는 걸 의미하는데, 어디서 얻으셨습니까?"

그 말에 차한광은 침을 꿀꺽 삼켰다. 아무리 생각해도 질문에 답할 수 있는 게 없었다.

"저희는 일단 보험 사기를 의심하고 고발을……."

"그러니까 보험 사기를 왜 의심하셨냐고요."

"기존 진단서와 다르게 건강한 모습을 보여서……."

"그럼 주소를 알려 주지 않은 사람들의 뒤를 캐서 새로운 주소를 알아내서 감시를 붙였다는 걸 인정하시는 거죠?"

"그건 아닙니다. 저희는 어디까지나 합법적인 영역 내에서……."

"그러니까 합법적인 영역 내에서 어떻게 주소를 알아냈느냐는 겁니다."

대기업이 사람을 추적하려고 하면 거기서 벗어날 수 있는 사람은 사실상 없다고 봐야 한다.

하지만 그건 어디까지나 비공식의 영역.

공식적으로 알아내기 위해서는 대기업 역시 법의 한계 안에서 일해야 한다.

"흠."

녹음하던 경찰은 그 말을 심각하게 받아들이며 계속 추궁했고 노형진은 그런 그에게 조용히 물었다.

"이 경우는 명백하게 개인 정보 보호법 위반이지요?"

"네, 개인 정보 보호법 위반입니다."

"그러면 일단 대질심문이 끝난 후에 고발장을 쓰겠습니다."

그 말에 차한광은 얼굴을 찡그렸다.

그러나 답이 안 보였다.

"그러면 다음 질문을 하겠습니다. 두한 쪽에서 제출한 증거에 대해 반박하실 게 있습니까?"

"여기 있습니다. 그동안 재활에 들어간 돈과 진료 기록입니다."

"하지만 그 당시에 분명 의사는 다시는 걸을 수 없다고 진단했습니다."

"당신들이 보험 사기로 고소한 의사 말입니까?"

"우리가 언제요?"

"이미 보험 사기로 의사들이 들고일어난 건 다 아는 사실 아닙니까?"

노형진의 말에 차한광은 미칠 노릇이었다.

실제로 그 사건으로 두한보험에서 몇 날 며칠을 회의하고 있었지만 별 뾰족한 방법이 없었기 때문이다.

'내가 심심해서 그들을 엮은 게 아니지.'

단순히 사람들을 모이게 하려고? 파벌을 엮으려고?

아니다. 의사들이 모이게 한 진짜 이유는 따로 있었다.

"논리적으로 말이 안 되지 않습니까, 당신들이 보험 사기로 엮은 의사들의 진단을 믿는다는 게?"

"우리가 고소하지 않았다니까요."

"뭔가 착각하시는 모양인데, 보험 사기는 친고죄가 아닙니다. 외부에서 알면 조사해야 하는 게 맞습니다. 안 그렇습니까, 수사관님?"

"맞죠. 보험 사기를 조사하려면 당연히 의사들부터 해야
지요."

수사관의 말이 틀린 게 아니다.

대질심문은 공식적인 절차고 모든 장면이 녹화 및 녹음되
고 있다.

당연히 여기서 수사관이 특정인을 편들어 주지는 않는다.

"그리고 아시겠지만, 이 재활에 필요한 과정 역시 의사가
관여합니다. 재활의학과라고 아시죠? 그렇게 오랜 시간을
재활의학과 교수님이 관리해 주셨는데 보험 사기를 몰랐다?
그 교수님도 보험 사기 집단이라는 건가요?"

"그건……."

"그리고 그 보험 사기로 수익을 내고?"

"……."

그동안 법에 대해 모르는 일반인을 대상으로 협박에 가까
운 소송을 해 온 차한광에게는 이 상황을 벗어날 방법이 보
이지가 않았다.

"저희가 봤을 때는 그런 걸 알지 못하니까 당연히 보험 사
기라고 생각할 수밖에 없습니다."

"그걸 아셨으면 큰일이지요. 그건 의료법 위반 아닌가요?
제3자한테 무단으로 의사가 진단 내용을 알려 주는 건데."

"그거야 그런데……."

"그런데 의사들이 그걸 알려 주지 않았으니까 일단은 보험 사기가 맞다, 그렇게 주장하시는 거죠?"

노형진이 소장 내용을 하나하나 갈가리 뜯어낼수록 차한광은 어쩔 줄 몰라 했다.

'망할 과장 새끼.'

과장은 이렇게 될 걸 알고 자신을 보낸 것이다.

나중에 제대로 답변을 못 했다고 자신에게 죄를 뒤집어씌우고 꼬리를 자르듯 자신을 잘라 내기 위해 말이다.

"그러면 이 사진 말고는 보험 사기를 했다는 증거는 없는 거네요?"

경찰의 마지막 질문.

"저희 쪽도 보험 사기를 증명하기 위해서는 일단 의사들의 도움을 받아서 진단을⋯⋯."

"의사들의 도움을 받아서 진단을 내린다고요? 어떤 의사요?"

"⋯⋯."

도와줄 의사는 없다.

더군다나 설사 한두 명이 도와준다고 한들 그것도 문제가 된다.

한두 명이 도와줘서 그들의 사건을 모조리 검사했는데 그게 보험사에 유리하게 나온다면?

"허위 진단서 발급은 의사 면허취소 사유인 건 아시죠?"

그걸 반박할 의사는 수천 명이다. 한 명이 돈 좀 벌겠다고 허위 진단서를 써 줄 수가 없다.

그리고 노형진이 어떤 놈이던가.

만일 허위 진단서가 나온다면 무슨 수를 써서라도 상대방 의사를 파멸시킬 놈이라는 건 다 알고 있는 사실이다.

"마지막으로 묻겠습니다. 이 모든 답변은 회사의 공식적인 입장인 거죠?"

약간은 묘한 질문이었다.

하지만 차한광은 그 질문이 가지는 효과를 알고는 소름이 돋았다.

'미친.'

만일 여기서 '아니요.'라고 하면 자신을 비롯해서 법무 팀의 독단으로, 회사는 자신들을 쳐 낼 수 있게 된다.

아마도 상황이 이렇게 되자 회사에서는 그걸 원하고 있을 가능성이 크다.

하지만 '예.'라고 하면 회사 차원에서 이 모든 일을 시켰다는 게 된다.

그리고 그런 걸 인정한 자신을 회사에서 가만둘 리가 없다.

어느 쪽이든 자신은 잘리게 되는 것이다.

'망했다.'

차한광은 울상이 되었다.

하지만 할 수 있는 게 없었다.

말 그대로 외통수였다.

기본이라는 것

"최준태 박사님 사건은 경찰에서 불기소 의견으로 송치되었습니다. 검찰에서 특별한 일이 없으면 혐의 없음으로 끝날 겁니다."

만일 공론화되어 있지 않았다면 아마도 경찰과 검찰은 기소로 방향을 잡았을 것이다.

그리고 제법 두둑한 지갑을 선물받았을 것이다.

하지만 공론화되고 다급하게 보험사들조차도 발을 빼기 위해 몸부림치는 상황에서, 검찰이 독단으로 이 사건을 기소할 수는 없다.

그렇잖아도 과거처럼 힘이 있는 검찰도 아니지 않은가?

기소야 할 수 있겠지만 무리한 기소로 인한 처벌 역시 받아야 한다.

그 상황에서 경찰이 불기소 의견으로 송치했으니 검찰은 바로 혐의 없음으로 사건을 종결시켜 버릴 것이다.

"가관이로군."

김성식은 혀를 끌끌 찰 수밖에 없었다.

사건이 진행되자 그동안의 감춰진 사건들이 드러나기 시작했는데 그 건수가 한두 건이 아니었다.

특히 두한은 진짜 꼼짝 못 하는 사람을 제외하고 재활해서 조금이라도 몸이 나아진 사람들에게는 가차 없이 소송을 걸었다.

"일단 보험사에서는 다시는 이런 짓거리를 못 할 겁니다."

"파훼법이 완성되었으니까."

"네. 아무리 보험사들이라고 해도 의사들을 무시할 수는 없죠."

전에는 의사만 쏙 빼고 돈을 받은 수령인들만 보험 사기로 엮어서 돈을 뜯어냈지만 이제는 의사들이 엮일 수밖에 없게 되었다.

언론을 통해 뉴스가 나갔기 때문에 설사 새론이 아니라 다른 변호사에게 의뢰를 맡긴다고 해도 그들은 의사를 엮을 테고, 그 의사가 순순히 당해 주지는 않을 것이다.

"솔직히 이런 건 진짜 어떻게 공략을 하나 고민했는데 생각보다 파훼법이 간단했네요."

변호사들은 이런 소송을 담당하게 되면 관련 증거인 재활 기록 같은 걸 가지고 사기 여부를 따지려고 했을 것이다.

하지만 노형진은 달랐다.

아예 보험회사의 공략법 자체를 막아 버린 것이다.

"이제 두 번째 단계를 진행하죠."

"두 번째 단계? 아, 그 돈을 돌려받는 과정을 말하는 건가? 하긴 피해자들에게 돈을 돌려주기는 해야지. 하지만 쉽지 않을 텐데."

김성식은 걱정스러운 듯 말했다.

이미 각 보험사들이 피해자들에게 뜯어낸 돈이 어마어마하다는 소문이 돌고 있다.

두한만 해도 수천억이고, 전체 금액을 본다면 조 단위는 넘을 거라는 게 전문가의 의견이었다.

"네, 맞습니다. 하지만 쉽게 돌려주지 않을 겁니다. 판결이 난 것과 안 난 건 전혀 다르니까요."

"하긴, 검찰과 재판부에서 그걸 인정할 리가 없지."

최준태 박사 사건을 비롯해서 최근의 사건들은 검찰에서 혐의 없음으로 끝날 것이다.

일단 보험사에서도 부담 때문인지 더 이상 같은 짓거리를 하거나 다시 고소하거나 하는 등의 행동을 하지는 않았다.

"하지만 기존의 사건을 뒤집는 건 전혀 다른 문제이니까요."

"하긴, 법률계에서는 그걸 인정하지 않을 걸세."

엄밀하게 말하면 이 대국민 보험 갈취 사건은 해결된 게 아니라 사라진 거다.

보험사들이 알아서 몸을 사린 거지, 그들의 행위가 나쁘기에 처벌받아야 한다고 판결 난 게 아니라는 소리다.

"물론 모인 사람들이 각자 알아서 소송할 수는 있겠지만."

이미 그 피해자들 수천 명이 모여서 소송 이야기를 하며 이를 새론에 맡기겠다고 했다.

실제로 이 모든 사건을 발굴해 내고 진행시킨 게 새론이기에 그곳에 맡기는 게 확실하기는 하다.

"하지만 피해자분들이 사건을 뒤집는 건 전혀 다른 문제라는 걸 이해 못 하시더군요."

"법률 전문가가 아니니까. 법률계의 자존심이 얼마나 센지 모르는 거지."

명백하게 고문하고 그 흔적을 남긴 사건조차 그걸 뒤집는 데 최소 20년이 걸린다.

대한민국 법률계에는 자신들은 지배자이니 자신들의 잘못을 인정하는 건 노예들에게 사과하는 것과 같다고 생각하는 사람들이 너무 많다.

"우리가 이거 고소한다고 하면 인정 못 받을 겁니다. 형사는 더더욱 그렇지요."

이미 검사들이 형사사건에서 이 사건을 기소하기로 결정했고 그에 따라 처벌이 이루어졌다.

그런데 그걸 이제 와서 뒤집는다?

그 말은 그 당시 검사들이 부패했다는 걸 인정해야 한다는 소리다.

그리고 당연하게도 그들에 대한 징계가 이루어져야 한다.

"검찰뿐만 아니라 판사도 마찬가지입니다."

자신들의 잘못은 절대 인정하지 않는다.

그게 법률계의 고질적인 악습이다.

하물며 30년 전 고문치사 사건조차도 인정하지 않고 조사하지 않는 법률계가, 벌어진 지 3년도 안 된 사건들을 가지고 자기들이 잘못 판단했다고 판결을 뒤집고 배상할까?

"이긴 게 아니라 사라진 것뿐이라는 걸 대부분의 사람들이 모르니 우리로서도 방법이 없어."

이겼다면 그걸 들이밀 수 있겠지만 사라진 건 사라진 것일 뿐이다.

그 두 개는 전혀 다르다.

심적으로 저들이 겁먹을 수는 있겠지만 그걸로 재판에서 이긴다는 보장은 없다.

"아니, 현실적으로 본다면 100% 지겠지."

경찰과 검찰 그리고 재판부가 자신들의 부패를 인정할 리 없으니까.

결국 형사적으로 사건을 뒤집는 건 전혀 다른 문제라는 소리다.

"진짜 짜증 나네요. 도대체 검찰이랑 법원을 정리한 지가 얼마나 되었다고 이 지랄이 나는 건지 모르겠네요."

이야기를 듣던 고연미가 신경질적으로 말하자 노형진은 입맛을 다셨다.

"애초에 처음부터 예상했던 일 아닙니까? 청소를 한다는 건 거기를 깨끗하게 치운다는 뜻이지 완벽한 상태로 되돌린다는 뜻이 아니라는 거, 아시지 않습니까? 새 술은 새 부대에 담아야 한다는 말이 괜히 생긴 게 아니죠."

이미 부패한 놈들이 어떻게 돈을 벌었는지 알고 있는, 아래에서 올라온 사람들은 그 돈을 자기들이 먹고 싶어 한다.

물론 과거의 놈들처럼 대놓고 티는 안 내지만 그래도 기회가 될 때마다 챙기고 싶어 하는 건 본능이라고 봐야 한다.

"하긴, 대한민국의 시스템 자체가 법률계의 특권을 유지하는 형태로 구성되어 있으니 제대로 될 리가 없지."

"맞습니다. 더군다나 악마의 속삭임이라는 게 얼마나 달콤한지, 당해 본 사람은 알죠."

눈을 조금만 감으면 수억이 생기고 확실한 미래가 생기고 남들을 깔보면서 왕처럼 살 수 있다.

허리 한 번만 굽히면 말이다.

하지만 그러지 않으면?

검사나 판사가 버는 돈은 사실 뻔하다.

적은 돈은 아니지만 많은 돈도 아니다.

아파트는 살 수 있어도 강남에 살 수는 없는 그런 돈.

'딱 한 번만' 눈을 감으면 그 모든 게 가능해진다.

한 번이 두 번이 되고 두 번이 세 번이 되고 세 번이 영원이 된다는 건 안다.

하지만 그게 어떻단 말인가? 자기는 잘살 수 있다.

남들이 고통받는 걸 신경 쓰지만 않으면 된다.

그렇다 보니 대한민국의 법률 시스템은 구조적으로 사이코패스나 소시오패스에게 유리하게 되어 있다.

"일단 형사적인 부분에 대해서는 새론에서 커버하면 될 것 같습니다."

"우리가 말인가? 우리한테 의뢰하는 사람들이야 커버가 가능하겠지."

김성식의 말에 노형진은 결연한 눈빛으로 그를 바라보았다.

"저는 변론하자는 게 아닙니다. 다시 한번 피를 봐야 한다는 소리입니다."

"피라니?"

"끼리끼리 봐주지 못하게 해야 합니다. 새론의 힘을 이용해서 다시 한번 실형을 내린 판검사들을 끌어내릴 생각입니다."

판사들이나 검사들이 들으면 억울하겠지만 엄밀하게 말하면 이건 명백히 법률을 이용한 협박이다. 그런데도 그걸 알면서도 판검사들은 실형을 내렸다.

"대부분의 판검사들은 피해자 쪽에서 제출한 기록을 고의로 무시했겠지요."

그러지 않으면 실형이 나올 수가 없다.

"그런 자들을 그냥 재판부 내에 둬 봐야 나중에 아예 악마에게 혼을 팔고 돈으로 재판을 사고팔 뿐입니다."

대한민국의 사법 시스템은 정의로운 사람을 구분해서 임용하는 게 아니라 공부 잘하는 사람을 선택해서 임용하는 형태이다.

그렇다 보니 양심이 없는 놈들이 재판을 담당할 경우 돈만 적당히 준다면 풀려날 수 있다.

"유전 무죄 무전 유죄는 여전히 유지되고 있지요."

그리고 이번에 보험회사에 넘어간 판검사들은 그렇게 일찌감치 넘어간 인간들.

그들을 모조리 날려 버리면 그만이다.

"애초에 청소라는 게 한 번에 되는 것도 아니고요."

걸레를 빨아서 헹구면 다시 한번 구정물이 나온다.

그렇게 한 번 두 번 빨 때마다 구정물이 줄어들고 결국에는 걸레가 깨끗해진다.

"혁명 수준으로 깡그리 죽여 버릴 게 아니라면 결국 이게 유일한 방법입니다."

"알겠네. 이 사건 관련 판검사들을 업무상배임으로 넣는 것부터 시작해야겠군."

그래야 그들의 판결 관련 내용을 확인하고 그들이 쓴 돈이 어디서 왔는지 알아낼 수 있으니까.

"그건 우리가 해결할 수 있겠군. 그러면 남은 건 민사군. 확실히 민사는 형사와 다르지. 차라리 민사에서 끝까지 가서 판사에게 판결받은 거라면 뒤집을 수 있겠지만 대부분은 합의한 것 같더군."

끝까지 가서 민사에서 진 거라면, 일단 형사재판에서 그 판결을 내린 판사가 부패한 것을 증명하면 다시 한번 재판이 가능하니까 그걸 기반으로 소송전을 진행하면 된다.

문제는 그러지 않고 합의한 사람들.

"합의한 거니까 아마도 두한이나 보험사는 법적으로 정당한 거라고 주장하겠지요."

"그러니까 말일세. 문제는 합의라는 게 실제로 그렇다는 거야."

물론 증거가 있으면 그걸 뒤집을 수는 있다.

하지만 다른 거라면 이야기가 달라진다.

종종 소설에 깡패나 정부 요원이 사람을 잡고 고문하면서 강제로 사인하게 하거나 심지어 억누른 상태에서 강제로 손을 잡아 지장을 찍게 하는 장면이 있다.

사람들이 봤을 때는 저게 무슨 효과가 있나 싶을 것이다.

실제로 협박이나 물리력을 통해 사인이나 지장을 받아 낸 합의서나 계약서는 법적으로 아무런 효과가 없다.

"문제는 그걸 증명하는 게 피해자의 책임이라는 거지."

법의 기본 원칙은 주장하는 자가 증명하는 거다.

당연히 저 합의서가 부당하다고 주장하기 위해서는 그게 협박이나 강제에 의한 합의서라는 걸 증명해야 한다.

외부에 비슷한 사건이 많다고 해도 결국 사건은 기본적으로 개별 판단이다.

"하지만 아무리 그래도 강제로 끌고 가서 고문해서 찍은 건 아닐 테니까."

교묘한 장난이다. 고발이라는 것은 법에서 정한 절차이고 심지어 보험 사기의 고발은 의무 대상이다.

즉, 자신들이 협박당했다고 주장해도 보험사가 정한 대로 했다고 하면 그걸로 사건 종결.

협박이 성립하지 않으니 당연히 그로 인한 합의 역시 합법이 되어 버린다.

차라리 재판을 했다면 그 기록을 분석해서 재소송하는 것이 가능했을 것이다.

그러니 문제는 합의다.

"흠."

합의라는 것을 어떻게 깨야 할 것인가.

협박을 증명할 수 없다면 사실상 그걸 뒤집는 건 불가능하다.

설사 새론이라고 해도 그건 애매하다.

물론 무리해서 뒤집을 수야 있겠지만 형사와 다르게 민사에서 판사는 판단만 한다.

그러니 민사를 마음대로 하면 진짜로 과거의 청계와 같은 수준으로 떨어질 수도 있다.

"그러면 어쩌지? 직원을 공격해야 하나?"

눈을 찡그리며 말하는 김성식.

보통 이런 경우에는 노형진이 직원들을 쥐고 흔든다는 걸 알고서 한 말이다.

"그 사람들을 쥐고 흔들어도 사실 나오는 건 없습니다. 정황증거만으로는 법적인 처벌의 한계가 명확하니까요."

협박했다는 의심은 있지만 명확한 증거가 나와야 한다.

직원들이 '여기서 합의하시면 서로 좋게 좋게 끝낼 수 있습니다.'라고 말한다면 그건 협박일까, 아닐까?

그걸 판단하는 건 절대 쉽지 않다.

우선 그 당시에 강압성이 있었는지 살펴봐야 하는데, 이 말이 과연 강압성이 있다고 볼 수 있을까?

민사소송 중이지만 이미 형사에 관련해서 고소가 들어간 상황이니 당연히 저 말은 합의하자는 의견의 발로라고 하면 그만이다.

"아마도 민사적 소송의 형태를 봤을 때 직원들을 흔들어 봐야 뭔가 나올 가능성은 높지 않습니다."

"그러면 답이 없다는 거군."

속이 쓰리기는 하지만 이미 돈을 빼앗긴 사람들은 방법이 없다는 소리다.

물론 그건 일반인 기준이다.

"방법이 없는 건 아닙니다. 다만 복잡해지겠지요."

"방법이 있다고요?"

"이런 상황에서 말인가? 현실적으로 답이 안 보이는데?"

노형진은 고개를 끄덕거렸다.

일반적인 상식의 선에서는 보이지 않는 방법이다.

"하지만 우리는 법률 전문가입니다. 그쪽으로 접근해야지요."

"아니, 법적으로도 합의는 서로의 과오에 대한 인정이라니까."

"압니다. 하지만 그걸 관리해야 하는 사람이 한 명 더 있습니다."

"응? 그게 무슨 소리야?"

고개를 갸웃하는 김성식. 함께 설명을 들은 고연미도 전혀 알아차리지 못한 눈치였다.

하긴 그쪽 업계 사람들이 아니면 잘 모르는 사실이기는 하다.

"보험 판매 사원들 말입니다."

"보험 판매 사원들?"

"네. 그들이 표적입니다."

"그 사람들이 왜? 그 사람들이 무슨 잘못이 있다고?"

아니나 다를까, 김성식은 그들이 뭐가 문제인지 모르는 모양이었다.

보험을 판매하고 나면 그 판매 사원들이 하는 일은 별로 없으니까.

"김성식 대표님은 보통 보험을 어떻게 드십니까?"

"음, 그거야 주변에서 아는 사람을 통해 들지."

"고연미 변호사님은요?"

"저도요."

"맞습니다. 그게 보통이지요. 그리고 보험사들은 그걸 알기에 수십 년째 말도 안 되는 수작질을 부리고 있지요."

일단 보험사에서 인턴으로 사람들을 고용한다.

어차피 인턴 기간이니 돈을 조금만 줘도 되니까.

그리고 그 후에는?

당연히 그 사람들은 어떻게 해서든 실적을 올리기 위해 노력한다. 그래야 정규직이 될 테니까.

그렇게 들어온 인턴의 주변 사람들은 그를 도와주기 위해 보험을 든다.

그러면 그 인턴은 정규직으로 전환될까?

아니, 해고된다.

실제로 지난 5년간 보험 업계에 들어온 인턴의 숫자는 수천 명이지만 정규직 전환은 0%. 단물만 빼먹고 버리는 거다.

"그런데 그거랑 무슨 관계가 있다는 건가?"

"보험 판매는 아무나 할 수 없습니다."

"아무나 할 수 없다고?"

"엄밀하게 말하면 보험 판매가 가능한 것은 보험 판매 관리사뿐입니다. 보통은 코디라고 합니다만."

"코디라……. 대충은 알겠네. 그 사람들이 왜?"

"애초에 그들을 왜 보험 판매 관리사라고 부르겠습니까?"

당연히 보험 판매 관리사 자격이 있어야 보험 판매가 가능하기 때문이다.

그리고 노형진이 노리는 것이 바로 그거였다.

"보험 판매 '관리사'. 그 말은 단순히 보험을 팔았다고 끝이 아니라는 거죠."

실제로 보험을 판매한 사람들은 계속해서 보험을 관리해 준다.

다른 보험에 가입할 수도 있다는 점도 있지만, 업무 자체가 고객들이 회사로부터 적절한 케어를 받을 수 있도록 관리하는 것이기 때문이다.

상당수의 가입자들이 보험에 가입할 때는 친인척이나 친구 등을 통하지만 뭔가 수령해야 하는 상황이 발생하면 회사보다는 관리사에게 전화한다.

회사에 전화해 봐야 자세한 이야기를 듣기가 쉽지 않으니까.

대부분은 ARS를 통해 대응하는데 그걸로 자세한 이야기를 해 주지는 않는다.

할 시간도 없고 대기 시간도 어마어마하게 걸린다.

하지만 보험 판매 관리사에게 전화하면 필요한 서류나 과정을 금방 정리해서 문자로 보내 준다.

"그리고 이 경우는 구상권 청구가 가능하겠지요."

"구상권 청구라고?"

"네."

보험 사기는 아니다.

하지만 합의에 의해 돈을 지급했다.

만일 보험 관리하는 사람이 제대로 보험을 관리했다면 어땠을까?

"보험 판매 관리사는 단순히 보험을 팔아먹는 직업이 아닙니다."

말 그대로 보험을 수령하는 전반적인 상황을 케어하는 직업이 바로 보험 판매 관리사들이다.

그런데 그게 비정상으로 종료되었으니.

"당연히 우리 쪽은 그들에게 구상권 청구를 할 수 있게 됩니다."

"흠, 구상권이라⋯⋯. 확실히 가능하겠어. 하지만 그게 무슨 의미가 있나?"

"의미가 있지요. 보험 판매 관리사는 아까 말씀드렸다시피 대부분은 인맥에 의지합니다. 이런 일을 당한 보험 판매 관리사들이 과연 회사에 뭐라고 하겠습니까?"

"당연히 항의하겠지. 아하! 그렇군."

회사에서 문제를 일으킨 만큼 회사에서 책임지라고 할 테고, 회사는 당연히 거부할 테고.

"관리사들이 죄다 떠나겠군요."

"맞습니다. 우리나라 보험 시스템에서 보험 판매 관리사가 가지는 중요도는 70% 이상입니다."

그런데 만일 보험 판매 관리사들이 추가적인 보험 접수를 거부하기 시작한다면?

"그 보험사가 부도나는 건 일도 아닐 겁니다, 후후후."

노형진은 사람들을 모아서 회사가 아닌 보험 판매 관리사들, 즉 보험 판매를 한 사람들에게 구상권 청구 소송을 진행했다.

당연하게도 그 사건으로 보험 판매 관리사들은 난리가 났다.

"무슨 말도 안 되는 소리를 하는 겁니까!"

"아니, 우리가 그 돈을 왜 갚아야 하냐고요!"

다급하게 새론으로 찾아온 사람들은 너무 놀란 나머지 목소리가 떨렸다.

보험 판매를 하는 이유가 뭔가? 다 먹고살자고 하는 일이다. 그런데 수천만 원에 달하는 돈을 내놓으라고 하니 뒤집어질 일이었다.

"아니, 그게 말이나 돼요?"

"애초에 보험을 판매하시는 보험 판매 관리사분들이시잖습니까?"

"그건 그런데⋯⋯."

"보험을 판매하실 때 보험 사기라는 죄목으로 억울한 소송을 당할 수 있다는 걸 고지하셨습니까?"

"누가 그런 생각을 해요!"

"저희는 안 해도 여러분은 하셔야지요. 보험을 안전하게 가입하기 위해 여러분과 상담하는 건데요."

사실 보험 판매 관리사를 통하지 않고 직접 보험을 드는 방법은 많다.

소위 다이렉트라고 하는 보험으로, 사실 그쪽이 더 싸다.

그럼에도 불구하고 더 많은 돈을 줘 가면서 일반 보험 판매 사원에게 보험을 드는 이유는 간단하다.

아는 사람이라서 도와주는 것도 있지만 사실 보험 약관이 더럽게 복잡하기 때문이다.

진짜 보험 약관을 받아 보면 분량이 무척이나 많다.

그걸 간단하게 설명해 주고 관리해 줄 전문가가 필요하니까 그들을 찾는 거다.

"판매만 하고 책임질 일이 없으면 여러분이 굳이 시험을 치를 이유가 없지요."

보험 판매 관리사는 하고 싶다고 해서 그냥 할 수 있는 게 아니다.

정부에서 정한 시험에서 합격해야만 할 수 있다.

물론 난이도가 높지 않아서 어렵지 않게 판매 자격을 얻을 수 있다지만, 법은 법이다.

심지어 보험 광고 모델들조차도 설계사 자격이 있어야 한다. 그래서 보험 광고 하단에 '보험 판매 자격 보유'라는 문구가 따라붙어 있는 거다. 법이 그러니까.

"그런데 법적으로 관리할 자격과 의무가 있는 분들이 실제로는 관리를 안 하셨잖습니까?"

"그거야……."

"물론 전부 다 인정받지는 못할 수도 있겠지요."

하지만 일부만 인정받는다고 해도 문제다.

구상권이 50%만 인정된다고 해도, 최소 수천만 원에서 최대 수억 원을 토해 내야 하니까.

"그건 회사에서 한 거지 우리는 모른다니까요."

"이건 모른다고 할 수가 없다니까요. 관리 책임이라는 거 모르십니까? 직업에 관리라는 단어가 왜 들어갔는지 아셔야지요."

노형진과 대화하는 사람들은 설명을 들을수록 억울해서 미칠 것만 같았다.

"저라면 말입니다."

노형진은 보험 판매 관리사들에게 말했다.

"당장 다른 고객들의 보험을 해지시키겠습니다. 서로에 대한 믿음이 깨진 보험이 무슨 의미가 있습니까? 이거 그대로 있다가 나중에 소송당하면 그 돈을 여러분이 내야 합니다."

"그러면 우리는 지금 어쩌라고요?"

"여러분이 하실 일이야 뭐, 회사에 책임지라고 하시는 것뿐이지요. 회사에서 갈취했다는 걸 증명해 낸다면 여러분의 책임은 없게 되는 거니까요."

그 말에 보험 판매하는 사람들은 침을 꿀꺽 삼켰다.

자신들이 살 방법은 그것뿐이라는 게 확 와닿았다.

⚖

두한보험은 난리가 났다.

기본적으로 보험은 현금이 계속 들어오기 때문에 기업들에게는 중요한 캐시 카우다.

게다가 보험은 금융 상품이라는 점도 중요하다.

보험 상품을 담보로 대출도 가능하니까.

당연히 모든 가입자들이 돈을 찾아가면 은행에서 난리가 나는 것처럼 모든 가입자들이 보험을 해지하기 시작하면 보험사 또한 난리가 난다. 당장 그 돈을 돌려줄 방법이 없기 때문이다.

이미 돈이 대출로 나가거나 두한그룹의 생존을 위해 거기로 흘러들어 간 상황이니까.

"보험 해지율이 어마 무시합니다. 지난 열흘 사이에 보험의 18%가 해지되었습니다."

"뭔 소리야? 그게 가능해?"

"회사 내부의 모든 사람들이 다 보험 해지 업무에 매달리는 지경입니다. 그나마도 통화나 업무 진행 한계 때문에 18%만 해지된 거지, 처리가 더 가능했다면 얼마나 해지되었을지 모르겠습니다."

"현금은? 자산은?"

"유동성 위기입니다. 자산은 이미 바닥을 보이고 있습니다."

어떻게 해서든 말려 보려고 하지만 그게 쉽지가 않았다.

"가장 큰 문제는 그 보험을 해지하라고 하는 사람들이 다름 아닌 우리 소속 보험 판매 관리사들이라는 겁니다."

"뭐? 그 새끼들이 미쳤나? 아니, 왜?"

"얼마 전에 보고드렸습니다만."

자신들에게 구상권이 청구되었다고 하면서 보험 판매 관리사들이 그걸 방어하는 데 도움을 달라고 했었다.

보험사가 먼저 뒤통수를 친 사실은 명확하게 남아 있고 보험 판매 관리사가 그걸 방치하거나 모른 척했다는 건 확실하니까, 아니라는 증거를 낼 수 있게 기록을 달라는 것이었다.

하지만 두한보험에서는 그 요청을 거절했다.

직원이 무슨 꼴을 당하든 자기들이 알 바가 아니라는 태도로 일관했다.

보험 업계에서 보험 판매 관리사들은 언제든 갈아 치울 수 있는 대체재에 지나지 않으니 그들이 망하든 말든 자신들만 버티면 된다고 생각했으니까.

실제로 그게 틀린 말은 아니다.

인턴 기간이 지나면 바로 자르는 이유가 뭔가?

일단 빨아먹을 수 있는 건 다 빨아먹었다고 생각하기 때문이다.

실제로 그런 마인드는 여전했고, 그래서 대응을 하지 않았다.

그리고 그러한 대응에 보험 판매 관리사들은 분노했다.

직원이라고 가족이라고 할 때는 언제고 너희가 망하든 말든 그건 내가 알 바 아니라는 식의 대응은, 보험 판매 관리사들을 분노하게 만들기에 충분했다.

그리고 그 순간 노형진은 그들을 설득했다.

노형진은 그들이 선량한 사람이라는 걸 안다.

기업이 이럴 거라고 생각도 못 한 것도 안다.

그리고 그에 대한 법에 허점이 있다는 것도 안다.

합의했다고 해서 관리 책임에 대한 구상권을 청구하지 못하는 건 아니며, 또 보험 판매 관리사들은 회사에서 속인 것에 대한 구상권 청구가 가능하다는 것을 노형진은 알기에 이렇게 돌려서 공격하기 시작한 것이다.

물론 청구한 구상권을 다 인정받지는 못하겠지만 어찌 되었건 돌고 돌아 결국 돈을 내야 하는 건 두한보험이었다.

그리고 돈도 돈이지만 이번 일로 인해 두한보험은 사람이라는 가장 큰 자산에 심대한 타격을 입게 되었다.

배신당한 보험 판매 관리사들은 당연히 미래에 있을 혹시 모를 사태에 대비해서 자신이 가입자들에게 권했던 모든 보험을 해지시키기 시작했다.

물론 그것 역시 노형진이 조언해 준 것이다.

만일 지금 해지를 권했는데도 가입자가 보험을 유지하고 있다가 나중에 보험회사가 뒤통수를 치면, 그때는 해지를 거부한 가입자의 책임이 되기에 구상권이 성립하지 않는다고 말이다.

애초에 뒤통수를 맞은 사람들은 두한보험에 근무할 생각이 없었기에 너도나도 보험 해지를 권하기 시작했고, 그렇잖아도 두한과 관련된 뉴스를 듣고 불안해하던 사람들은 지인인 보험 판매 관리자들의 권유에 뒤도 안 돌아보고 보험을 해지하기 시작했다.

새로운 가입자가 유입되기는커녕 기존 보험만 계속 해지되자 결국 두한은 최악의 수를 쓸 수밖에 없었다.

아니, 사실상 최후의 발악이나 마찬가지였다.

"채무 관계 부존재 소송이라……. 자금이 떨어진 모양이군요."

보험을 해지하면 상황에 따라서는 돈을 돌려줘야 한다.

사실 대부분의 보험은 납입된 돈보다는 돌려주는 돈이 적을 수밖에 없다.

당연히 보험사들은 그 정도 돈은 가지고 있어야 한다.

보통은 말이다.

하지만 두한보험은 그조차도 없었다.

"채권이라는 건 결국 줘야 하는 돈이니까요."

채권은 줘야 하는 돈인데, 돈이 없다.

그렇다고 없는 돈을 만들어 낼 수는 없다.

"두한그룹에서 발행한 채권을 구입하면서 돈을 다 썼으니까."

당연히 현금 자산은 거의 없다시피 해서 채권을 돌려주지 못할 상황이 되자 두한보험이 가장 두려워하는 상황이 벌어졌다.

"부도가 닥쳐온 것 같습니다."

부도, 즉 누군가에게 돈을 줘야 하는데 줄 수가 없는 상황이 된 것이다.

"그렇다고 그룹에서 돈을 지원해 줄 리는 없고."

"제 말이요."

두한그룹은 자산이 없어서 돈을 주지 못하는 상황.

그러나 부도난 채권이 외부에 나가면 그룹은 순식간에 넘어가게 된다.

"결국 남은 건 채권을 미뤄 달라고 하거나 안 줄 방법을 찾는 거죠."

전자는 소수의 사람들에게나 가능하지 다수의 가입자들에게 가능한 게 아니다.

결국 선택은 후자뿐. 돈을 달라는 사람들에게 무차별적인 채권 부존재 소송을 하는 것이었다.

당연하게도 그 소문은 빠르게 퍼졌고, 보험에 가입한 사람들은 가입자를 무차별 소송하는 두한보험의 행동에 질려 버리면서 동시에 이러다가 보험금도 못 돌려받는 거 아니냐는 두려움에 떨었다.

"보험의 해지가 더더욱 가속화되고 있군요."

더군다나 보험을 해지하는 상황은 이제 개인을 넘어서 기업으로 확산되고 있다.

기업에서 들어 주는 보험은 생각보다 많다. 그리고 기업이 들어 주는 보험은 그 보험료만 해도 어마어마하다. 기본적으로 기업의 사업은 규모가 클 수밖에 없으니까.

그런데 기업 입장에서는 막대한 돈을 내며 보험에 들었는데 보장받지 못할 상황이라면 당하고만 있을 수는 없는 노릇.

당연히 각 기업들은 변호사를 사서 보험을 해지하고 법률적 소송에 대처하기 시작했다.

"두한 입장에서는 미칠 노릇일 겁니다."

쓰러지고 있는 캐시 카우를 살리고 싶겠지만 불가능할 테니까.

두한보험은 대출이라도 해 보려 했으나 신용도가 점점 떨어지고 있는 두한보험에 대출해 주려는 은행은 없었다.

그리고 며칠 후.

─두한보험, 최종 부도
─어젯밤, 두한보험이 만기가 돌아온 2차 채권의 대금을 지급하지
못해서 최종 부도가 났습니다. 현재 두한보험 앞에는 보험을 해지하
려는 사람들이 몰려들어…….
─두한에서는 두한보험의 재건을 위해 최선을…….

들어올 돈은 없는데 나갈 돈은 많다.
그 말은 기업이 끝장난다는 걸 의미했다.
그리고 부도란 그걸 확실하게 증명하는 것이다.
"결국 이렇게 되는군."
유민택은 무너지는 두한보험을 보며 혀를 끌끌 찼다.
"당연한 거죠. 애초에 내부에 자산이 거의 없었으니까요."
두한그룹의 채권을 사기 위해 현금을 거의 빼돌린 상황인지
라 두한은 약간의 유동성 위기도 버틸 만한 상황이 아니었다.
당연히 두한그룹에서는 어떻게 해서든 살리려 하고 있지
만 과연 그게 쉬울까?
보험업같이 믿음이 중요한 업계에서 아예 믿음이 박살이
났고, 보험을 팔아 줄 판매 관리사들도 모조리 퇴직했는데?

"그리고 이것도 자네가 원한 거고?"

유민택이 채널을 돌리자 거기에서는 한 무리의 사람들이 나와서 기자회견을 하고 있었다.

─저는 이번 사태에 대해 책임지고 IGN보험의 사장 자리에서 사퇴하겠습니다. 또한 부당한 소송으로 얻은 수익을 즉시 돌려드리며 관련자의 책임을 엄중히 묻도록 하겠습니다.

계속해서 이어지는 사과와 반성. 보험사의 사장은 기자회견이 끝나자마자 허리를 거의 180도로 접으면서 빌다시피 했다.

"다음번은 자기들이라는 걸 아는 거죠."

두한보험 다음으로 많은 돈을 번 것이 바로 저 IGN보험이다. 그런데 두한보험이 넘어졌다. 당연히 이제 노형진이 자신들을 노릴 것을 알고 바로 꼬리를 만 것이다.

"돈이 있을까?"

"돈요? 있겠지요. 일단 두한보험은 그룹에 들어간 돈이 너무 많은 게 문제였던 거니까."

그리고 두 번째로 많은 소송을 한 게 IGN보험이라지만, 두한이 저지른 양에 비하면 조족지혈 수준이다.

그러니 그 돈을 돌려줘도 버틸 만은 할 것이다.

"그리고 보험 없이 살 수는 없으니까요."

사람들은 보험금을 빼서 이탈했고 두한보험은 사라졌다.

그 말은 두한보험에서 쥐고 있던 보험 가입자들이 다른 곳을 선택할 가능성이 크다는 거다.

즉, 지금이 위기이자 기회.

"그 상황에서 우리가 물어뜯으면 기회를 다른 회사에 빼앗길 게 뻔하니까요."

그러니 차라리 아예 빨리 수습해서 세력을 키우겠다는 심산이다.

"그나저나 진짜로 두한보험 구입 안 하실 겁니까?"

"사실상 두한보험은 끝장났네. 다른 업종처럼 공장이나 시설이 있는 것도 아니고 한국에서 점유율이 높은 것도 아니야. 더군다나 이미지가 완전히 박살 났지. 그걸 우리가 사서 뭐 하겠나?"

유민택은 어깨를 으쓱하며 말했다.

"모든 기업이 살릴 가치가 있는 것은 아닐세. 솔직히 이미지만으로는 두한보험을 사는 것보다 차라리 우리가 보험회사를 하나 만드는 게 훨씬 낫지."

"그럴 생각은 없으시고요?"

"솔직히 나는 생각이 없네만, 주변에서 난리더군."

"그럴 겁니다. 이번 사건은 말 그대로 보험 업계를 뒤흔들어 놨으니까요."

기존 보험 업계에 대한 불신과 불만을 극도로 높인 사건이다.

대체재가 있으면 다들 그곳으로 넘어가겠지만 애석하게도

그 대체재라고 할 만한 곳이 전혀 없었다.

어지간히 큰 곳은 죄다 두한처럼 장난질을 치다가 걸렸고 작은 곳은 너무 작아서 믿을 수가 없는 수준이다.

"우리 대룡이 이미지가 좋으니 그걸 무기 삼아서 들어가자고 하더군. 하지만 난 반대야. 돈이 직접적으로 흐르는 사업은 아무리 잘한다고 해도 욕먹기 십상이라서 말이지."

노형진은 그 말에 고개를 끄덕거렸다.

유민택의 말이 맞다.

"아깝네요."

두한보험은 아마도 부활이 불가능할 것이다.

두한도 돈이 없고, 자본은 잠식된 상태이며, 채권만 가득하니까.

물론 두한보험은 파산하지는 않을 것이다.

두한에서 그렇게 둘 리도 없거니와, 금융 쪽은 무너지면 국내외적으로 피해가 크다 보니 국가에서도 그냥 두지는 않기 때문이다.

그러나 보험사로서는 사실상 끝났고, 끝도 없이 두한의 돈을 빨아먹을 것이다.

"두한에서는 속 좀 쓰리겠군."

"뭐, 저들이 자초한 건데요. 저는 전혀 불쌍하지 않습니다."

노형진은 당연하다는 듯 말하며 피식 웃었다.

미래는 성적순?

　대부분의 기업들은 사회적인 책임을 다하려고 한다.

　그게 일단 이미지가 좋고 그만큼 세금도 감면받을 수 있기 때문이다.

　당연히 대룡도 그러한 사회적 책임 중 하나로 보육원과 손잡고 있었다.

　자금 지원뿐만 아니라 회사 내부의 자원봉사 동아리에서 보육원에 가서 청소도 해 주고 공부도 가르쳐 주는 등의 일을 하는 건 흔한 일이었다.

　사실 대룡에 정사원으로 입사할 정도가 되면 어지간한 사람들보다는 공부를 잘했을 가능성이 높기 때문이다.

　진하선 역시 학교 다닐 때 공부를 잘했던 사원이었기에 대룡에 취업한 후에 자원봉사 동아리에서 아이들의 교육을 담당하는 일을 하고 있었다.

오늘도 그녀는 아이들의 공부를 도와주기 위해 다른 사람들과 보육원에 와 있었다.

여기까지는 평범하기 그지없는 일이었다.

"어? 윤주야, 너 얼굴 왜 그래?"

고윤주라는 고등학교 2학년생의 뺨이 멍으로 시커멓게 변해 있었다.

"선생님."

"야, 얼굴 왜 이래? 누가 때렸어? 싸운 거야? 이거 뭐야?"

"응? 왜 그래? 어, 윤주 얼굴 왜 그래?"

다들 무슨 일인가 하고 몰려들기 시작했고, 고개를 들지 못하는 고윤주를 보고 진하선은 사람들을 뒤로 물렸다.

"애가 창피해하잖아요. 저리 가요!"

"아니, 어떤 미친 새끼가 여자 얼굴을."

"누구야? 어떤 놈이야? 남자애야?"

"이 남정네들아! 그러면 애가 더 당황하잖아! 가라고!"

발끈하는 직원들을 모조리 내보내고 진하선은 고윤주를 작은 방으로 데리고 가서 손을 잡고 물었다.

"윤주야, 너 이거 어떻게 된 거야?"

"이거……."

말을 못 하는 고윤주. 그런 윤주를 보면서 진하선은 따뜻

하지만 단호하게 말했다.

"누가 너를 이렇게 만들었는지 모르지만 네가 말 안 한다고 해도 원장 수녀님한테 물어보면 알 수 있어. 하지만 난 너한테 듣고 싶어. 네가 잘못을 할 애가 아니라는 건 알아. 그리고 우리 회사에 대해 가장 잘 아는 게 너잖아. 꼭 대룡에 들어오고 싶다면서. 그래서 공부도 열심히 했잖아. 미래의 우리 직원이라면 회사에서도 도와줄 거야."

그 말에 윤주는 고개를 숙이고 눈물을 뚝뚝 흘렸다.

"저……."

"괜찮아. 말해. 걱정하지 말고."

"……."

"무서워하지 마. 우리가 있잖아."

쉽게 말하지 않는 고윤주를 오랜 시간 설득한 끝에 진하선은 진실을 들을 수 있었는데, 너무 어이가 없어서 말문이 막힐 정도였다.

"선생님이랑 다른 애들 부모님한테 혼났어요."

"뭐? 선생님이? 왜? 너 뭐 잘못한 거 있어? 너 그럴 애 아니잖아?"

고윤주는 고아는 아니다.

하지만 집안이 가난해서 어려서부터 보육원에서 살았고, 그녀는 열심히 공부해서 직접 돈을 벌어 가족들이 모여 살 수 있게 하고 싶다면서 누구보다 많이 노력했다.

그건 진하선이 확실하게 알고 있었다.

"이번에, 성적이 올랐어요."

"아니, 성적이 올랐는데 네가 왜 혼나? 그만큼 노력한 거 아냐?"

그 말에 고윤주는 고개를 푹 숙였다. 그리고 나지막하게 말했다.

기어들어 가는 목소리였지만 진하선을 화나게 만들기에는 충분했다.

"제가, 커닝을 했다고."

"뭐? 커닝? 너 진짜 커닝한 거야?"

"아니에요. 진짜예요. 믿어 주세요."

고윤주는 결사적으로 부정했다.

억울한 건 학교에서만으로 충분했다.

"제가 얼마나 열심히 했는지 아시잖아요."

"알지. 누구보다 잘 알지."

그래서 자원봉사를 하는 사람들이 돈을 모아서 고윤주가 돈이 없어서 사지 못했던 문제집이나 참고서도 살 수 있게 도와줬고, 진하선도 보육원에 방문하는 날이 아닐 때는 핸드폰으로 모르는 문제 같은 걸 설명해 주기도 했다.

"그래서 성적이 올랐는데……."

그런데 그렇게 오른 성적이 도리어 문제가 되었다.

원래 지원이 없는 상황에서도 반에서 상위권을 유지하던

고윤주가 제대로 지원받으면서 성적이 올라 전교 순위권으로 올라간 것까지는 좋았다.

그런데 담임이 그런 고윤주에게 너 같은 거지가 어떻게 이렇게 성적이 오를 수 있느냐면서 따지기 시작했고, 심지어 고윤주 때문에 등수가 떨어진 아이들의 부모가 찾아와서 커닝하는 애를 관리하지도 않는다며 화내고는 고윤주의 머리채를 잡고 흔들며 뺨까지 때렸다는 것이다.

"뭐라고? 선생이 그랬다고?"

"저한테 네가 커닝해서 내신이 떨어진 애들은 어쩔 거냐면서 당장 커닝을 인정하라고……."

"뭔 소리야? 가난하면 공부 잘하면 안 되는 거야?"

"그게…… 저희 학교에서 진학반 애들의 성적이……."

"진학반? 그게 뭔데?"

"한국대를 비롯해서 주요 대학을 목표로 하는 아이들을 따로 관리하는 반이 있어요."

진학반은 기본적으로 전교 1등부터 40등에 해당되는 아이들만 따로 모아서 명문대에 갈 수 있도록 처음부터 끝까지 관리하는 게 목적인 곳이다.

그런데 이전까지만 해도 그다지 두각을 드러내지 않던 고윤주가 갑자기 툭 튀어나오면서 학교에서 관리하던 아이들 중 일부의 내신이 한 등급씩 떨어졌다는 거다.

"그래서 너를 때렸다고? 커닝을 인정하라고?"

"네."

"아니, 미친."

진하선은 목 위까지 올라온 욕을 애써 참았다.

그리고 고윤주를 다독거렸다.

"왜 말 안 했어?"

"원장 수녀님한테 말했는데, 원장 수녀님도 갔다가 뺨을 맞았어요."

"원장 수녀님도 맞았다고?"

"네. 저를 제대로 안 키워서 커닝이나 하는 사기꾼 같은 년이 된 거라고."

"하."

진하선은 너무 화가 나면 화낼 기분도 안 난다는 말이 뭔지 알 것 같았다.

물론 자신의 학교도 멀쩡하지만은 않았다.

학교에서 공부 잘하는 학생을 편애하는 건 어떻게 보면 당연한 일이다.

하지만 그들을 편애하는 것과 그들을 위해 성적을 조작하려고 다른 학생을 때리는 건 전혀 다른 일이었다.

"그래, 알았다. 너무 걱정하지 마. 이 문제는 우리가 알아서 할게."

"네? 하지만 어떻게요?"

"이런 거 잘 해결하는 분을 알고 있거든."

이것이 법이다

진하선은 불안해하는 고윤주를 진정시키고 당장 자원봉사를 하러 왔던 사람들을 모았다.

그녀가 사정을 이야기하자 봉사자들은 화가 나서 하나같이 부들부들 떨었다.

"그게 말이 됩니까? 가난하니까 성적이 잘 나온 건 당연히 커닝을 한 결과일 것이다?"

"씨발, 개빡치네."

자원봉사자들은 당장이라도 가서 교사를 두들겨 팰 분위기였다.

하지만 그런 사람들을 진하선이 말렸다.

"우리가 가서 화내 봐야 뭐가 바뀌겠어요. 사실 우리는 자원봉사자일 뿐이잖아요. 가서 한번 화낼 수야 있겠지만, 그 이후의 윤주의 학교생활이 꼬이겠지요."

"끄응, 그렇다고 이걸 그냥 넘어갈 수도 없지 않습니까? 징계위원회에 회부한다면서요?"

커닝을 했다는 증거도, 증언도 없다.

그저 담임의 의심과 부모들의 선동이 있을 뿐이다.

그럼에도 불구하고 학교에서는 징계위원회를 열어서 고윤주에 대한 징계를 결정하겠다는 거다.

"안 봐도 뻔하지요. 윤주의 내신을 바닥으로 떨어트리려는 거예요."

공식적으로 커닝에 관련된 징계위원회가 열리고 징계가

내려지면 당연히 이번 시험은 모두 0점 처리된다.

그렇게 되면 다른 아이들보다 평균 점수가 떨어지는 건 당연한 일.

"그것뿐만이 아니죠."

고윤주는 지원이 있기 전에도 좋은 성적을 유지하던 아이였다.

그런데 이번에 커닝으로 징계를 받으면 당연히 과거의 시험도 커닝한 게 아니냐는 이야기가 나올 테고, 다음 시험에서도 커닝했다는 소리가 나올 게 뻔하다.

"학교에서는 분명 내신 관리하는 있는 집 자식들을 위해 윤주를 시궁창에 처박고 싶어 할 거예요."

아이를 위해 노력하는 선생님, 공정한 학교.

그런 건 소설에서나 나오는 시대가 되어 버렸다.

"그러면 어쩌자는 거야? 우리가 가서 화낼 수도 없고, 그렇다고 해서 거기를 뒤집을 수도 없다면서?"

"그러니까 우리가 돈을 모아서 변호사를 사죠."

"변호사?"

"네. 우리가 변호사를 사서 거기를 박살 내 놔야 윤주한테 이런 짓거리를 다시는 못 할 거예요. 우리가 잠깐 신경 쓰다가 놔두면 다시 윤주한테 보복하겠지요. 그리고 그 학교에 다니는 아이가 윤주만 있는 것도 아니고."

"아, 하긴 그러네."

고윤주가 다니는 화상고등학교는 이 보육원에서 가장 가까운 고등학교다. 그 말은 여기 보육원에 있는 고등학생들 대부분이 거기를 다닐 수밖에 없다는 거다.

다른 고등학교에 가기 위해서는 버스를 타야 하는데, 그 버스비마저도 이런 보육원에서는 부담이 될 수밖에 없으니까.

걸어서 다닐 수 있는 유일한 학교가 바로 화상고등학교인 것이다.

"다른 학생들에게는 이런 짓거리를 하지 않으리라는 법은 없으니까요."

물론 다 이러지는 않을 것이다.

사실 보육원에 있는 아이들이 공부를 잘할 수 있는 상황은 아니니까. 학원을 다니지도 못하고 문제집도 제대로 사기 힘들다. 개인 교습 같은 건 꿈도 못 꾼다.

반대로 생각하면, 그런 거 다 받는 애들을 단순히 문제집 좀 사 줬다고 따라잡은 고윤주가 엄청 대단한 거다.

그리고 그런 아이가 고윤주 한 명뿐이라는 보장은 없다.

보육원의 아이들뿐만이 아니다.

돈 있는 집안의 아이가 아니라는 이유로 똑같이 취급받을 수 있는 가능성은 언제든 열려 있는 거다.

"변호사…… 하지만 내가 여러 변호사를 만나 봤는데 그렇게 싸워 줄 변호사는 없을 것 같은데."

물론 변호사에게 수임하는 순간 고윤주 문제는 어느 정도 해결되기는 할 것이다.

하지만 그다음은? 변호사는 자신의 일만 딱 해결하고 끝이다. 학교의 전반적인 문제를 해결해 주는 사람은 없다고 봐도 과언이 아니다.

"이런 문제를 해결해 주실 분이 한 분 계세요."

"누구?"

"노형진 변호사요."

"노 변호사님? 음, 확실히 노 변호사님이 이런 사회적인 문제, 특히 공정에 관한 문제에 예민하시기는 하지."

대룡에서도 가장 우선시하는 게 공정이다. 약자라고 무조건 선하다고 믿는 게 아니라, 약자든 강자든 최소한 기회는 공정하게 받아야 한다는 게 핵심.

"하지만 고작 이런 사건을 노 변호사님이 해 주실까? 엄청 바쁘신데."

"이런 사건이니까 오히려 해 주시지 않겠어요?"

"그럴지도 모르겠네."

"회사 일은 아니니까 자원봉사 하는 사람들이 돈을 모아서 의뢰해 봐요."

"이참에 그 학교 박살 내 버리면 좋겠네."

"저도 그러면 좋겠네요."

진하선은 진심으로 고개를 끄덕거렸다.

"그런 일이 있었습니까?"

"네, 그래서 저희가 의뢰를 드리고 싶어서요. 이건 회사와는 아무런 관련도 없는 일이니까."

"그건 가능합니다."

노형진에게 일을 맡기고 싶어 하는 사람들은 많지만 노형진이 모든 사건을 다 받아 주는 건 아니다.

하지만 이런 사건은 분명 노형진이 받아 줄 가치가 있다.

'그러고 보니 이거 되게 심각한 문제였지. 잊고 있었네.'

대한민국은 입시에서 사생결단을 내는 경향이 너무 심하다.

공부 말고 다른 인생도 있음에도 불구하고 공부를 잘하면 성공한 사람, 실패하면 인생 패배자라는 인식 때문에 어떻게 해서든 위에 서려고 한다.

'학력고사에서부터 수능, 그리고 내신까지.'

학력고사가 아이들을 암기만 할 줄 아는 바보로 만든다며 변별력을 갖추겠다고 도입한 게 수능이었는데, 수능이 실시되자 시험 한 번으로 인생이 다 결정되는 건 잔인하다며 내신이 도입됐고, 여기에 공부만 하는 애들만 유리하고 다른 능력을 가진 아이들이 불리하다고 해서 특기가 도입됐다.

그런데 그때마다 호황인 것은 언제나 학원뿐이었다.

학력고사를 넘어서 수능 전문 학원이 생기고 내신 전문 학원이 생겼다.

'내가 진짜 그 꼴을 보고 어이가 없어서.'

특기를 도입한 이유는 공부를 잘하는 아이들이 아니라 그 쪽에 재능이 있는 아이들을 진학시키기 위함이었다.

국어국문학과에는 국어 점수가 높은 아이들이 아닌 문학을 창작할 수 있는 아이들이 가고, 수학과에는 수학 점수가 높은 아이들이 아닌 수학에 관심이 있는 아이들이 가고, 체육학과에는 체육 점수가 높은 아이들이 아닌 운동을 좋아하는 아이들이 가는 것.

그런데 그해 강남에는 글짓기 학원뿐만 아니라 심지어 줄 넘기 학원까지 생겼다.

글짓기라는 것은 사실 상당 부분 재능의 영역이다. 그런데 학원 선생들은 그 글짓기를 단순히 고루한 교수의 수준에 맞춰서 순수 문학 위주로 가르쳤고, 결과적으로 바뀌는 건 하나도 없었다.

뭐가 하나 바뀌면 가장 빠르게 반응하는 것은 다름 아닌 학원과 학교다.

"그놈의 학교 명예가 뭔지 이해가 안 가요. 고교 평준화가 된 지가 얼마나 오래되었는데."

"선생이나 교장 하는 놈들의 대가리에는 똥만 가득해서 그렇습니다."

학교의 명예. 학교가 평준화되지 않았던 과거에는 그게 참

중요했다.

지금의 대학처럼 고등학교를 골라서 가야 하다 보니 대학이 거의 없던 시절의 대학처럼 인맥이 거의 끝판이었기 때문이다.

그렇다 보니 그때는 당연히 고등학교의 명예가 드높아야 더 좋아서, 더 능력 있는 사람들이 더 이름이 있는 고등학교를 선택했다.

하지만 지금은 주요 도시에서는 모두 고교 평준화가 이루어졌고 보육원이 있는 수원시 역시 고교 평준화 지역이다.

즉, 원해서 거기로 진학한 게 아니라 가까운 거리 우선으로 추첨을 통해 진학하게 된 것뿐이다.

"결국 그 학교에 들어가는 사람들의 수준은 비슷해질 수밖에 없죠."

노형진은 혀를 끌끌 차며 말했다.

"그런데 그런 상황에서 결국 비슷한 수준의 아이들의 실력을 끌어올리는 것은 선생의 능력이 됩니다."

문제는 선생들이다.

결국 그 학교가 유명해지고 이름을 떨치기 위해서는 선생이 유능하고 실력이 있어야 한다. 하지만 그건 또 선생들 입장에서는 귀찮은 거다.

적당히 월급이나 받으면서 다니고 싶고 또 일하기 싫은 거다.

물론 다 그런 건 아니다.

일부 선생들은 제대로 학생들을 가르치고 계도하고 싶어
한다.

"하지만 한국 사회의 기본적인 문제는 그런 바른 사람일수
록 견제받고 조직에서 쫓겨난다는 겁니다. 그렇다 보니 학교
에는 적당히 가르치고 마는 선생만이 남게 되는 거죠."

반에서 1등 하는 애들은 신경 쓰지 않아도 1등을 한다. 그
런 아이들은 대부분 스스로도 공부를 좋아하기도 하지만 그
걸 커버해 줄 수 있는 집안 출신인 경우가 많으니까.

하지만 그 아래에 있는 애들은 그렇지 않다.

그렇다 보니 선생들이 그 애들을 지원하는 스승 역할을 해
줘야 하지만, 그럴 능력이 안 되니까 편하게 그냥 1등 하는
아이에게만 신경 쓰는 거다.

그러면서 공부를 잘하고 환경이 좋은 아이들을 통해 학교
의 명예를 올리고 자기들이 그만큼 대단하다는 거짓된 환상
속에서 살고 싶어 하는 거고.

"하지만 이번 경우는 선을 넘어도 심하게 넘었군요."

아무리 1등을 비롯한 공부 잘하는 아이들을 위해 굴러가
는 학교라고 해도 결국 학생들은 모두 평등하다는 건 기본적
인 사항이어야 한다.

"하지만 그걸 지킬 생각이 없다면 기꺼이 도와드려야지요."

"아, 다행이에요. 안 도와주시면 어쩌나 싶었거든요."

"뭐, 매일같이 무겁기만 한 사건을 하면 부담이 가지 않습

니까? 때때로는 가볍게 할 수 있는 사건도 있어야지요."

노형진은 재미있을 거라는 표정으로 말했다.

"물론 학교 입장에서는 전혀 가볍지 않겠지만요."

⚖️

며칠 후 화상고등학교에서는 고윤주의 징계위원회가 열렸다.

"저는 진짜 커닝 안 했다니까요."

"말도 안 되는 소리. 평소 너의 성적과 비교해서 성적이 너무 많이 올랐어. 커닝이 아니라면 이런 건 불가능하다."

"맞습니다. 학교의 명예를 더럽히는 행위를 한 고윤주 학생에게는 그에 상응하는 벌을 내려야 합니다."

"더 자세히 조사해서 커닝 행위를 한 모든 시험을 0점 처리해야 합니다. 역시 가난한 애들은 믿으면 안 돼요. 양심이라는 게 없다니까요, 양심이라는 게."

징계위원회에 참석한 선생들과 학부모들은 모두 하나 되어 고윤주를 욕했다.

고윤주는 그런 그들을 보면서 입술을 깨물었다. 힘이 없다는 게 이렇게 억울한 일이라는 걸 느끼게 되니 눈물이 날 지경이었다.

"그러면 징계 수위를……."

교감은 더 이상 이야기할 가치가 없다는 듯 징계 수위를 결정하자고 재촉했다.

그 순간 갑자기 회의 중인 사무실의 문이 벌컥 열리면서 누군가 들어왔다. 바로, 노형진이었다.

"누구세요?"

"여기는 아무나 들어오시면 안 됩니다."

사람들이 만류하는데도 노형진은 다짜고짜 밀고 들어왔다.

"지금 회의 중입니다. 뭐 하는 분인지 모르겠지만 나가 주세요."

"죄송한데 그럴 수는 없을 것 같네요."

노형진은 안으로 들어와서 주변을 둘러보다가 빈 의자 하나를 질질 끌고 와서 회의를 주관하던 교감의 건너편에 있는 고윤주의 옆에 두고는 떡하니 앉았다.

"당신, 누구야?"

"노형진이라고 합니다. 고윤주 양의 변호사죠."

"변호사? 변호사라고?"

"변호사가 왜?"

"고윤주네 집, 거지 아니었어?"

당황하는 사람들의 눈빛

그걸 느끼면서 노형진은 혀를 끌끌 찼다.

'어이가 없구만.'

고윤주가 변호사를 불렀다는 사실에 놀라는 건 이해가 간다. 그런데 학생 앞에서 거지?

이건 평소에 윤주를 어떻게 생각하는지 아예 감추려고 하지도 않는다는 뜻이다.

하긴, 그런 최소한의 배려를 할 줄 아는 사람들이었다면 이런 뻔뻔한 회의를 하려고 하지도 않았을 거다.

"여기는 공식 석상입니다."

"그렇군요."

노형진은 고개를 끄덕거렸다. 그리고 교감에게 되물었다.

"여기가 공식 석상인 건 맞습니까?"

"맞습니다. 그러니 나가 주세요."

"아까도 말씀드렸다시피 저는 고윤주 양의 변호사입니다만."

"여기는 학교의 회의실이지 재판정이 아닙니다. 변호사는 필요 없습니다."

뭔가 불편한 듯 계속 노형진을 내보내려고 하는 교감.

물론 노형진은 그 이유를 안다. 자신들도 켕기는 게 있으니 어떻게 해서든 무마하려고 하는 거다.

노형진이 늦게 들어와서 들은 게 없으니 자기들이 결정을 내리면 반박을 못 할 거라 생각하는 것이다.

하지만 그건 교감이 변호사들과 엮여 본 적이 없어서 생각한 일종의 희망 사항에 지나지 않았다.

"그건 곤란하겠습니다."

"뭐라고요?"

"방금 전에 교감 선생님께서 공식 석상이라고 하지 않았나요?"

"그렇습니다만."

"그러면 미성년자에 대한 처벌을 할 때 보호자를 대동해야 한다는 건 아시죠?"

"그건…… 어디까지나 법률적인……."

"학교의 규칙이 법률보다 우선한다고 말씀하시는 건가요, 지금?"

"……."

물론 말도 안 되는 개소리다. 그게 가능했다면 누구나 규칙을 만들어서 법을 무력화했을 것이다.

"어떤 경우에라도, 특히 미성년자의 불이익이 예상되는 행동에 대해서는 그 보호자의 동석 없이는 처리될 수 없습니다."

그게 법률상의 규정이다.

"그런데 방금 전 교감 선생님께서는 공식적인 자리라고 하셨지요. 하지만 제가 보기에는 여기 어디에도 보호자가 있는 것 같지 않은데요."

고윤주의 부모나, 하다못해 보육원의 원장이라도 있어야 한다. 하지만 어디에도 그런 사람은 보이지 않았다.

'안 봐도 뻔하지.'

어차피 고윤주의 부모나 원장 수녀님은 법에 대해 모른다.

그러니 학교에 온 아이를 불러내서 속전속결로 징계위원회를 열어 징계를 내리려 한 게 뻔했다.

그래서 노형진이 다급하게 온 거고, 늦게나마 참석한 거다. 사전 고지 없이 갑자기 열린 징계위원회니까.

'도대체 얼마나 많이 처먹었길래.'

물론 이해는 간다.

노형진도 회귀 전에는 한국대 출신이었기에 한국대가 한국에서 가지는 위상에 대해 안다. 그리고 그곳에 가기 위해 얼마나 많은 사람들이 노력하는지도 안다.

내신 등급이 한번 떨어지면 그만큼 한국대에서 멀어지는데, 다시 오른다고 한들 아무래도 한번 떨어졌던 석차 때문에 다른 경쟁자들보다 불리할 수밖에 없다.

그걸 메꾸는 방법은 단 한 가지. 올라갔던 애를 범죄자로 만들어서 그 자료를 기반으로 성적을 통째로 정정하는 것뿐.

물론 노형진은 그걸 가만둘 생각이 없었다.

"그러니까 공식 석상에서 보호자 없이 압박을 가했다 이거군요."

"아니, 이건 징계위원회라니까요. 우리가 압박을 가한 게 아니라 고윤주의 행위에 대해 학교 차원에서 징계하기 위한 절차일 뿐입니다. 뭐 그런 걸 가지고 보호자씩이나."

아무래도 자신들이 불리하다고 생각했는지 슬쩍 말을 돌리는 교감. 하지만 노형진은 이미 들은 게 있었다.

"제가 듣기로는 그동안 시험 본 걸 모조리 0점 처리하겠다고 하시던데, 그건 아주 심각한 사항 아닙니까?"

"커닝을 해서 그런 겁니다. 커닝을 했으니 저희로서도 어쩔 수가 없지요."

"그래서 증거는요?"

"네?"

"증거 말입니다, 증거. 커닝을 했다는 물적증거나 증인이라거나 CCTV 영상이라거나."

"그건……."

없다.

당연히 없을 수밖에 없다. 애초에 커닝이라는 건 없었으니까.

오로지 아이의 성적을 조작하기 위해 열린 인민재판일 뿐이니까.

"당신이 뭔데 학교 일에 나서서 감 놔라 배 놔라예요?"

보다 못한 학부모 한 명이 눈을 찡그리면서 따지고 들었다.

"아까 들으셨잖습니까? 변호사라고요."

"그런데요? 그게 우리랑 무슨 상관이죠?"

그 말에 노형진은 고개를 끄덕거렸다.

"상관없죠."

"그러면 나가요."

"아니, 당신하고는 상관없지만 고윤주 양하고는 상관이 있다고요."

노형진은 시크하게 말했고, 학부모라는 인간은 그 말에 당황한 듯 노형진을 바라보았다.

'내가 뭐 어쩌고저쩌고하면서 변호사의 존재 이유라도 설

명할 거라고 생각한 모양인데.'

하지만 그럴 이유가 없다.

그 학부모의 말대로 자신과 저들은 전혀 관련이 없다.

"내가 당신들한테 내 존재 이유를 설명할 필요는 없죠."

"그런데 왜 증거를 요구하는 건가요?"

"당연한 거 아닙니까? 변호사가 증거를 요구하지 그러면 뭘 요구합니까?"

"으음."

그 말에 곤혹스러운 표정으로 담임선생을 바라보는 교감.

하긴, 담임이 이야기해서 시작된 일이었고, 사실 증거나 증언 같은 건 없었으니까.

"남궁 선생, 가서 커닝하는 걸 본 아이를 데리고 오세요."

"네, 알겠습니다."

남궁 선생이라고 불린 여선생은 자리에서 일어나서 어디론가 향했다.

그리고 잠시 후 잔뜩 긴장한 티가 나는 남학생 한 명이 들어왔다.

"이 아이가 고윤주가 커닝하는 걸 봤다고 합니다."

"안녕하세요. 저는……."

"잠깐!"

순간 노형진이 갑자기 아이의 말을 끊고 나섰다.

"또 뭐가 문제인 겁니까? 증인을 데리고 와도 불만인 겁니까?"

'증인이 있었으면 당연히 벌써 불렀겠지.'

그런데 그런 거 없이 이제 와서 갑자기 불러왔다.

'둘 중 하나지.'

선생이 거짓말하라고 시켰든가, 아니면 저 아이가 이번에 성적이 떨어져서 내신 등급이 떨어진 아이든가.

어느 쪽이든 그냥 둘 수는 없다.

"미성년자군요."

"그래서요?"

"그래서라니요? 아까 제가 말씀드렸습니다만? 벌써 잊으신 겁니까? 아이의 법률행위는 모두 학부모의 동의가 있어야 합니다. 그리고 여기는 공식 석상이니 이 자리에서 하는 증언은 기록에 남는 법률행위가 됩니다. 그런데 이 아이 부모님은 제 눈에만 안 보이는 건가요?"

"……."

당연히 부모가 여기에 있을 리가 없다.

원래대로라면 대충 징계위원회를 열어서 고윤주에게 적당한 처벌을 내리고 성적을 무효화하고 끝났을 일이니까.

"갑자기 부를 수도 없고."

교감은 잠깐 고민하더니 이내 고개를 끄덕거렸다.

"부모의 허락만 받으면 되는 겁니까?"

"그렇습니다."

"그러면 전화 허락을 받도록 하지요."

"그래도 되고요."

노형진의 말에 교감은 바로 전화를 걸었다.

그는 무심하게 한 행동이지만 노형진은 그런 그의 행동에서 많은 걸 읽어 낼 수 있었다.

'이 아이가 그 내신 등급이 떨어진 애가 맞군.'

만일 정상적인 부모라면 자식이 어떤 상황인지도 모르는데 어른들 사이에서 진술하라고 하면 반대할 게 뻔하다.

그런데 교감은 당연히 허락해 줄 거라는 듯 말했다.

그 말은 직접적으로 연관되어 있는, 즉 이권과 관련된 대상이라는 거다.

'그리고 주저하지 않고 전화했단 말이지.'

한 학교에 다니는 학생이 수백 명인데, 과연 교감이 그 수백 명의 학생들의 부모의 연락처를 다 가지고 있을까?

부모에게 연락할 일이 있으면 기록에서 연락처를 찾아보지, 바로 핸드폰으로 연락할 정도로 그 번호를 알고 있을 이유는 없다.

'그 말은 평소에도 종종 연락하고 지낸다는 의미지.'

즉, 상대방은 교감이 전화하면서 관리해야 할 정도로 상당한 직위에 있는 사람이라는 거다.

"안녕하십니까? 저 화상고등학교의 교감 장단수입니다."

─안녕하세요. 이 시간에 어쩐 일이세요?

통화 자체도 이상했다.

교감 정도 되는 사람이 전화했는데 상대방이 너무 평안한 목소리로 받는다.

과연 교감의 전화를 받는다는 게 일반 학부모에게 흔한 일일까?

당연히 대부분은 안 좋은 가능성부터 생각하기 마련이다.

더군다나 '이 시간에'라는 말은 이 시간이 교감의 근무시간이라는 걸 아는 거다.

물론 학교의 근무시간이 어떻게 되는지는 대부분의 사람들이 안다.

그런데 그렇기 때문에 도리어 조심스러운 말이 저 단어다.

잘못하면 '너는 근무시간에 일도 안 하고 왜 나한테 전화질이냐?'라고 들릴 수도 있기 때문이다.

그 말은 즉, 그런 오해가 생기지 않을 정도로 평소에도 연락하고 지냈다는 의미다.

"사실은 고윤주 학생의 변호사가 와서 증언해 달라고 합니다."

그 말에 노형진은 확신했다.

만일 부모가 이 사건을 몰랐다면 고윤주에 대해 장대한 설명이나 상황 설명을 해야 했다.

하지만 교장은 단순히 고윤주 학생의 사건에 대한 증언이라고 말했을 뿐이다.

즉, 상대방 부모는 그것에 대해 알고 있다는 거다.

-당연히 그런 건 해야지요.

자식의 성적이 달려 있는 만큼 당연히 증언해야 한다고 하는 학부모.

노형진은 스피커폰으로 들리는 학부모의 말에 손가락을 세워서 자신이 말을 좀 하겠다고 신호를 보냈다. 그리고 넘겨받은 핸드폰을 향해 이야기를 시작했다.

"안녕하십니까? 고윤주 양의 변호사인 노형진이라고 합니다."

─그래서요?

"그러면 그 증언을 법원에서 하는 것에 대해서도 동의하시는 겁니까?"

─뭐라고요?

"법원에서 하는 증언에 대해 동의하시는 거냐고 물었습니다. 저희는 이번 상황이 이해가 가지 않으니 아무래도 법원으로 가야 할 것 같아서요. 그러니 법원에서 증언해 주셨으면 하는데요."

그 말에 상대방은 아무런 말도 하지 못했다.

그냥 자기들 편이 가득한 곳에서 증언하는 것과 법원에서 증언하는 것은 전혀 다른 문제이기 때문이다.

"혹시나 해서 말씀드리는 건데, 법원에서 위증하는 경우 위증죄로 처벌받을 수 있다는 점을 아이에게 주지시켜 주셨으면 합니다. 아, 그리고 해당 내용은 학생 기록부에 남을 거라는 것도요. 아무리 아이라지만 자신이 하는 말이 어느 정도의 무게를 가지고 있는지는 제대로 알아야지요. 그래야 법률적인 과정이 제대로 진행될 것 같습니다."

노형진은 조용한 상대방에게 확실하게 못을 박았다.

아들이 위증죄로 처벌받을 각오는 하고 있는 거냐고.

ー미안한데 그건 안 되겠네요.

"증언은 법원에서 제대로 해야 합니다. 이런 곳에서 하는 증언에는 아무래도 신빙성이 없어서요. 특히 아드님이 고윤주 양의 커닝 의혹 사건 징계로 인한 수혜자라면 더더욱 그렇지요."

ー누가 그래요! 전혀 아니거든요!

"아, 그래요? 내신이 떨어졌다고 들었는데……."

노형진의 말에 교감은 다급하게 전화기를 탁 채 갔다.

그리고 상대방에게 다급하게 변명하기 시작했다.

"아닙니다. 절대 아닙니다."

ー당신, 변호사한테 무슨 말을……. 아니에요. 말을 말죠. 다시는 전화하지 말아요. 우리 아들이 증언하는 것도 허락 못 하니까 그렇게 알아요!

상대방의 전화는 거칠게 끊어졌고 교감은 똥 씹은 표정이 되었다.

"당신, 그런 말을 하면 어쩝니까?"

"아닌가요? 제가 잘못 알았나요? 뭐, 법원을 통해 정보 공개를 요청하면 자연히 알게 되기야 하겠습니다만."

그 말에 교장은 대꾸도 안 하고 눈을 찌푸리더니 끊어진 핸드폰을 다시 품 안에 넣었다.

이로써 확실해졌다.

방금 증언하겠다고 온 아이는 내신이 떨어진 아이였다.

"가세요."

"누차 말씀드리지만 저는 고윤주 양의 변호사로서 여기에 있는 겁니다. 교감 선생님이 가라고 해서 갈 상황이 아닙니다만?"

"징계위원회 안 열 테니까 가시란 말입니다."

교감은 짜증스럽게 말했다.

하지만 노형진은 교감이 원하는 게 뭔지 알고 있었다.

'기습적으로 또 징계위원회를 열어서 어떻게든 하려고 하겠지.'

자신이 그때에도 올 수 있을지는 모를 일이다.

당장 오늘만 해도 갑자기 열린 거였다.

물론 징계위원회가 개판이면 소송을 통해 바로잡을 수 있겠지만, 그 기간을 생각하면 그때쯤이면 이미 다른 놈들은 수정된 평가를 가지고 각자 대학에 간 이후일 것이다.

당연히 고윤주는 그걸 고쳐서 지원할 수 있겠지만 1년 이상 늦어질 테고, 돈이 없어서 재판하지 못하는 경우에는 이 징계가 그대로 확정될 것이 뻔했다.

'한두 번 해 본 솜씨가 아닌데? 하긴, 전에도 그랬으니까.'

지난번에 특정인에게 대응할 때는 학교에서 질 수밖에 없으면서도 그에게 유리한 결과가 나오도록 재판을 몰고 간 적이 있다고 들었다.

'하지만 이번에는 그렇게 둘 수는 없지.'

다시 징계위원회를 열 게 뻔한 일. 하지만 노형진에게는 다른 생각이 있었다.

"그래요? 공식적으로 끝났단 말이군요."

"네, 나중에 통지하면 그때 오세요."

물론 부르지는 않을 테지만, 노형진은 올 생각도 없었다.

"그러면 제 일을 하면 되겠군요."

"당신 일?"

"여러분을 모두 모욕과 명예훼손으로 고소하겠습니다."

"뭐? 미친 거 아냐?"

"야! 너 미쳤어?"

"허? 이거 변호사라더니 쥐뿔도 아는 게 없네."

거친 욕설과 말투가 튀어나왔지만 노형진은 대꾸하지 않았다. 그럴 필요가 없었으니까.

"일단 경찰부터 부르죠."

"명예훼손? 모욕? 우리가 언제 그랬다는 겁니까?"

"언제 그랬냐고요? 지금요."

노형진은 자신을 노려보는 사람들에게 차갑게 말했다.

"지금까지 당신들은 어떠한 증거나 증언도 없이 미성년자를 포위하고 커닝했다고 누명을 씌웠으며 가난한 학생에 대한 모욕적 인사를 퍼부었습니다. 설마 아니라고는 말 못 하시겠지요?"

애초에 그런 목적으로 만들어진 징계위원회니까.

"이건 공식 회의 석상입니다!"

"그러니까 공식 회의라는 말의 어떤 점이 면죄부가 되는 겁니까?"

"뭐요?"

"공식 회의 중에 발언한 것에 대해 면죄부가 나오는 것은 오로지 국회의원뿐인 것으로 알고 있는데요."

사람들은 공식 석상, 특히 징계를 하기 위해 회의할 때는 욕도 하고 그를 성토해도 된다고 생각한다.

하지만 법적으로 보면 그건 완전 개소리다.

명예에 관한 문제는 사실에 기반하여 논해야 하고, 인신공격성 발언은 어떠한 경우에도 인정되지 않는다.

설사 그 사람의 범죄에 대한 확실한 증거나 증언이 있다고 해도 말이다.

"설마 대한민국의 법원에 법정 소란죄가 왜 있는지 모르시나요?"

법원 내에서 소란을 일으키는 사람들을 처벌하기 위한 죄목인 법정 소란죄는 그러한 법정 내에서의 모욕과 인신공격을 막기 위해 있는 거다.

법률상의 증거의 논박이나 주장은 괜찮지만 증거도 없이 무작정 '저 새끼는 살인범이에요.', '씹새끼예요.' 등등의 허무맹랑한 모욕과 거짓을 걸러 내기 위해서다.

　그러한 행동은 판사의 예단을 가지고 올 수도 있는 데다가, 다수의 사람들을 동원하면 심리적으로 압박도 가능하기 때문이다.

　"하물며 재판정에서도 안 되는 걸 당신들이 하고도 멀쩡하게 넘어갈 거라 생각했습니까?"

　"아니, 이건 공식적인……."

　"그러니까 공식적인 석상에서 아이의 커닝에 관한 증거나 증언이 있었느냐 이겁니다. 그렇다면 명예훼손이 아니라 징계 절차로 볼 수도 있죠. 하지만 그런 게 없다면 당신들은 명예훼손으로 고발할 수밖에 없습니다."

　그 말에 모두의 시선이 담임이 데리고 온 아이를 향했다.

　'그래, 이럴 줄 알았다.'

　자기들이 처벌받을 상황이 되자 다급하게 증인이 되어 줄 애를 찾기 시작한 것이다.

　물론 이건 노형진이 노린 거다.

　"지금 뭐 하는 겁니까!"

　갑자기 소송 이야기가 나오고 성인들이 자신을 바라보기 시작하자 아이는 겁먹고 주춤거렸고, 노형진은 슬쩍 손을 뻗어서 증언하러 온 아이를 잡아당겨서 자신의 뒤로 감췄다.

　"뭐 하냐는 거냐니요? 지금 아이에게 증언을……."

　"아까 부모의 말 못 들었습니까? 허락 못 하신다고 하지 않았습니까?”

“아니, 그건…….”

노형진의 반박에 다들 갑자기 입안이 바짝바짝 마르기 시작했다.

노형진은 변호사고 어설프게 거짓말을 할 것 같지는 않다.

즉, 자신들이 모욕이나 명예훼손으로 처벌받게 생겼는데 그걸 막을 수 있는 사람은 저 아이뿐이다.

그런데 그 아이의 부모가 증언하지 못하게 막았다.

‘애초에 증언도 가짜겠지만 말이지.’

노형진은 속으로 미소를 애써 참으면서 잔뜩 긴장한 아이에게 말했다.

“너희 부모님한테 전화해.”

“네?”

“너희 부모님한테 전화하라고, 당장!”

그 말에 아이는 덜덜 떨리는 손으로 당장 전화했다.

전화는 바로 연결되었다.

아까 전 교장의 전화에서 들렸던 목소리가 들리자 노형진은 손을 내밀었고, 아이는 눈치를 보면서 그에게 핸드폰을 건넸다. 직감적으로 이 상황에서 자신을 지켜 주는 건 노형진뿐이라는 걸 알아차린 것이다.

“안녕하세요. 노형진 변호사입니다. 방금 통화하셨지요?”

ー당신이 뭔데 애 핸드폰으로 전화해요?

"여기 상황이 좀 안 좋아서요. 여기 교감과 담임 그리고 징계위원들이 자기 범죄를 은닉할 목적으로 미성년자인 아드님에게 증언을 강요하고 있습니다."

—아니, 커닝 하나 가지고 지금 뭔 소리래요?

"커닝이 아니라 집단 명예훼손과 모욕에 관한 건입니다."

—집단 명예훼손과 모욕이라니 뭔 소리예요, 갑자기?

"자세한 건 지금 상황에서는 말씀드릴 수가 없군요. 일단 다수의 성인이 미성년자인 아드님에게 강제로 증언을 시키려고 하는 상황이니 당장 오시든가, 변호사를 보내시든가, 그도 안 되면 경찰을 보내든가 하세요."

—자, 잠깐만 기다려요! 내가 당장 달려…… 아니, 경찰 부를 테니!

전화가 끊기자 노형진은 핸드폰을 아이에게 건네며 말했다.

"기다리고 있어라. 부모님이 곧 오실 거다."

"당신, 지금 뭐 하는……!"

순식간에 벌어진 상황에 한 남자가 어이가 없어서 뭐라고 하려는 찰나 노형진이 역으로 언성을 높였다.

"지금 아이에게 강압적으로 뭘 하려고 하는 겁니까?"

그 말에 소리를 지르려던 남자는 순간 입을 다물었다.

노형진은 그들을 잠시 바라보다가 아이들을 데리고 나가기로 했다.

"일단 아이들의 안정을 위해 밖으로 데리고 나가겠습니다."

"누구 마음대로! 아직 안 끝났습니다!"

자신들이 고발당할 거라는 생각에 다급해진 사람들은 나가려고 하는 노형진을 막으려 했다.

하지만 그들에게 노형진을 막을 방법은 없었다.

"분명히 교감 선생님께서 회의의 종료를 통지하셨는데요? 공식 절차는 끝난 거고, 저희가 여기에 있을 이유는 없습니다만."

"그거야, 당신이 고소한다고 하기 전의 이야기고!"

"경고합니다. 만일 여기서 나가는 걸 막으려고 하시면 지금부터 모욕과 명예훼손뿐만 아니라 감금죄까지 성립될 겁니다."

"감금?"

"공식적으로 징계 회의는 끝났습니다. 당신들이 이 아이들을 잡아 둘 이유가 없지요."

그 말에 다들 이해가 가지 않는다는 표정이 되었다.

사실 대부분은 법에 대해 잘 알지 못하기 때문에 감금의 기준이 무엇인지 잘 모른다.

저들이 생각하는 감금은 어디 으슥한 곳에다가 가두어 두는 행동을 뜻하는 것 같지만 엄밀하게 말하면 그건 납치의 영역에 들어가고, 실제로는 어디에도 가지 못하게 가두어 두는 것만으로도 충분히 성립된다.

"아까 그 문제를 해결하기 전에는 절대 어디에도 못 가!"

"그래요?"

위원 중 한 명이 거칠게 말했지만 노형진은 시큰둥한 표정을 지을 뿐이었다.

그는 겁을 주려고 그렇게 말한 모양이지만 노형진은 그게 성립되지 않는다는 걸 잘 알고 있었기 때문이다.

"그러면 현 시간부터는 감금에 해당됩니다. 저희는 나가겠다고 의사를 고지했습니다."

"헛소리하지 말고, 아까 그 문제나 제대로 해결하고 가!"

계속 도발하는 남자.

그 모습을 보면서 노형진은 그 남자가 여기에서 핵심 인물이라는 걸 알았다.

'흠, 교감도 찍소리 못 하는 걸 보니 중요 인물인 모양인데?'

교장이었다면 저 자리에 앉아 있을 리가 없고, 그렇다고 커닝 징계위원회를 여는 데에 장학사가 올 것 같지는 않다.

그렇다면 제3의 누군가라는 건데.

'뭐, 알게 되겠지.'

노형진은 그다지 기대하지 않는다는 듯한 표정으로 기다렸다. 어차피 저들은 자신을 막을 수가 없다.

얼마 지나지 않아서 밖에서 문을 두들기는 소리가 들렸다.

"경찰입니다! 이 문 여세요!"

"경찰?"

"언제……?"

노형진이 경찰을 부르는 모습을 본 적이 없기에 다들 당황한 눈치였다.

하지만 노형진은 왜 경찰이 다급하게 왔는지 안다.

'그 사람이 급하기는 했나 보네.'

사실 노형진은 남학생에게 핸드폰을 돌려줄 때 슬쩍 전원 버튼을 꾹 눌러서 아예 꺼 버렸다.

아이는 잔뜩 긴장한 상태로 핸드폰을 받아서, 모르는 모양 이지만 말이다.

그런데 갑자기 법적인 문제가 어쩌고저쩌고 다른 어른들 이 강제로 증언이 어쩌고저쩌고 하면서 걱정거리를 잔뜩 안 겨 놓고는 아이의 전화기가 꺼지니 아이의 부모는 숨이 넘어 가는 지경이 되어 경찰에 다급하게 전화한 것이다.

"여기입니다! 지금 아동 감금이 벌어지고 있습니다!"

그 말에 갑자기 경찰의 말이 거칠어졌다.

"이 문을 열지 않으면 부수고 들어가겠습니다!"

그제야 문을 막고 있던 남자는 눈을 찡그리면서 비켜났고, 경찰은 조심스럽게 안으로 들어왔다.

"별문제 없습니까?"

"별문제가 있군요. 이 사람들을 명예훼손과 모욕 그리고 감금으로 모두 고발하겠습니다."

"고발요?"

"네."

"흠, 자세한 건 경찰서에 가서 들어 보겠습니다만."

경찰은 스윽 안에 있는 사람들을 돌아보았다.

"아무래도 차를 더 불러야 할 것 같군요."

그 말에 그들은 똥 씹은 표정이 되어 버렸다.

노형진이 경찰에서 고발과 진술을 마치고 왔을 때 회사에는 이미 소문이 파다하게 나 있었다.

"노 변호사님, 또 학교를 발칵 뒤집어 놓고 오셨다면서요?"

"그건 또 어떻게 아셨습니까, 민 변호사님?"

학교에서 여기다가 이야기했을 리는 없고, 그렇다고 경찰이 이야기할 이유도 없다.

"어떤 미친놈이 김 대표님께 어이가 없는 말을 해서 알려졌죠."

"미친놈?"

"대표님한테 전화해서 아무리 새론이라지만 이렇게 선 넘는 건 아니라고, 애송이 변호사 때문에 일 키우지 말고 적당히 관리 좀 하라고 했다던데요?"

"애송이?"

노형진은 고개를 갸웃했다. 아무리 생각해도 애송이라는 표현이 자신과 어울리는 단어는 아니었으니까.

"그런데 왜 저라고 생각하신 겁니까? 제가 애송이로 보일 정도의 연차는 아니라고 생각합니다만."

"본인 스스로 화상장학재단 이사장이라고 했다네요. 그런데 화상고등학교라면 노 변호사님이 의뢰받아서 가신 곳이잖아요."

"이거, 참."

너무 어이가 없어서 화내야 할지 아니면 웃어야 할지 모를 정도였다.

"나보고 애송이라고요?"

"뭐, 노 변호사님은 일단 동안이니까요. 그리고 모두가 다 노 변호사님을 아는 것도 아니고."

노형진이 유명한 건 사실이지만 그렇다고 해서 대한민국의 모든 사람들이 그를 아는 건 아니다.

관련된 사람들이나 고위직이라거나 하는 경우라면 그래도 알 수 있지만, 애초에 언론에 얼굴을 자주 비치지도 않는 변호사의 개인 신상을 아는 사람이 얼마나 되겠는가?

"그러니까 애송이 하나 보내서 학교를 뒤집었다고 생각한다 이거군요."

"네. 그 말에 김 변호사님이 어이가 없어서 웃고 말았다니까요."

"그래서요?"

"그래서는요, 뭐. 그 이후에 깔끔하게 무시하고 있는데요."

"무시라……. 글쎄요. 무시할 만한 상황은 아닌 것 같습니다만."

"네? 그게 무슨 말씀이시죠? 설마 고등학교 사건 하나에 그렇게 두려워하실 정도의 뭔가가 있다는 건가요?"

노형진은 민시아의 말에 고개를 흔들었다.

"그건 아닙니다. 두려운 게 아니라 귀찮은 거죠."

"귀찮아요?"

"네, 거기에 갔을 때 심하게 선을 넘는 사람이 한 명 있었습니다."

그는 교감이 눈앞에 있음에도 불구하고 말도 거침이 없었고 어딘가 주저함이 없었다.

"그게 뭔가 문제가 되나요?"

"보통 그런 경우는 뒤에 누가 있다는 뜻이죠. 그리고 그게 누군지 모르지만, 한 학교의 재단 이사장이 전화해서 사건을 무마하려 들 정도입니다. 화상장학재단이 얼마나 규모가 있는지는 모르지만 재단이라는 곳의 이사장은 지역의 유지인 경우가 많습니다."

물론 재단이라고 해서 다 크고 어마어마하지는 않다.

사실 대학교를 쥐고 있는 교육 재단쯤 되어야 힘이 어마어마하지, 고등학교나 중학교 한두 개 쥐고 있는 재단은 힘이 그다지 강하지 않다.

"하지만 그렇다고 해서 그들이 약하다는 뜻은 아니죠."

학교는 재단 소유고, 그 말은 학교의 땅 역시 재단 거라는

이것이 법이다

의미다. 도심 한복판에 있는 화상고등학교의 땅을 전부 재단이 쥐고 있다는 점을 감안하면 재산이 어마어마하다는 거다.

"그런 곳의 이사장이 전화해서 사건을 무마하려고 한다? 그 말은 그를 움직일 정도의 힘을 가진 사람이 있다는 걸 의미합니다. 최소한 그 이사장과 비슷해야 할 겁니다."

그래야 친하게 지내면서 부탁이라도 할 수 있을 테니까.

만일 그게 아니라면?

"위에서 시켰다고 볼 수도 있다는 소리군요."

"네. 그래서 이상한 겁니다. 그리고 오늘 있었던 징계위원회 문제도 있고요."

"네? 징계위원회요? 오늘 징계위원회가 열렸어요?"

"네, 기습적으로 갑자기 열렸습니다. 제가 고윤주 양을 만나러 가지 않았다면 그대로 당했을 겁니다."

"그렇게까지 한다고요?"

"네, 그래서 이상한 겁니다. 아시겠지만 커닝 등의 행위에 대한 징계는 학교 내부의 문제입니다. 그런데 외부의 사람이 나서서 그 난리를 피우는데도 그냥 두고 본다는 게 이해가 안 가더군요."

"피해자의 부모일 수도 있잖아요?"

"물론 그렇지요. 그런데 말입니다, 피해자라는 것의 기준은 어떻게 잡아야 하는 걸까요?"

"네?"

"성적이라는 게 그렇지 않습니까?"

누군가가 올라가면 누군가는 내려와야 한다.

절대평가가 아니라 상대평가니까.

고윤주가 10등을 했다면 그 10등 아래는 무조건 한 칸씩 내려와야 하는 거다.

"그러면 전교 120등을 하다가 121등을 하면 그 애는 피해자인 건가요?"

"확실히 그러네요. 이런 문제로 열리는 징계위원회에 부모가 참석할 만한 이유가 없어요."

학교 내부의 문제로 학생의 행위에 대해 처벌하는 거니 다른 부모가 끼어들어서 감 놔라 배 놔라 할 수는 없다.

그런데 끼어들었다?

'그런데 증언하라고 불려 온 아이의 부모는 아니었단 말이지.'

그러면 가능성은 한 가지뿐이다.

1등급이던 아이가 2등급으로 떨어지면 2등급에 있던 아이 한 명은 3등급으로 떨어져야 한다.

그리고 의외로 그 차이는 어마어마하다.

'그러면 증언하러 온 아이는 2등급에서 3등급으로 떨어진 아이일 가능성이 높다는 거군.'

그리고 그곳에 있던 남자의 자녀는 1등급에서 2등급으로 떨어진 아이일 가능성이 크다.

결국 학부모라는 건데, 선생들도 꼼짝도 못 했다? 그러면 생각보다 파워가 강하다는 의미다.

"설마 학교가 그렇게까지 할까요?"

"그렇게까지 합니다. 송의초등학교 사건은 아시죠?"

"하, 그렇기는 하겠네요."

송의초등학교 사건. 수련회에서 집단 폭행이 벌어지고 그 결과 피해자가 트라우마와 횡문근 융해증이라는 치명적인 피해를 입었음에도 가해자는 없는 신기한 사건이었다.

정확하게는, 가해자는 재벌가의 도련님과 유명 연예인의 아들이었다.

그들이 피해자를 집단 구타했고, 그 사건을 학교와 교육청과 경찰이 조사했음에도 셋 다 공식 발표는 가해자 잘못 없음이었다.

그러면 의사가 가짜 진단서라도 썼단 말인가?

결국 그 유명 연예인은 심지어 한류 배우 중 한 명이었는데도 그 사건으로 퇴출되었고 일본에서 공식적으로 출연 금지가 떨어져 버렸다.

그래서 한국에서 일본 출연 금지가 떨어진 유일한 연예인이 되어 버렸다.

"사실 의외로 사건 자체만 보면 관리 대상인 아이들의 성적을 높여 주기 위해 수작을 부린 사건들이 어마어마하게 많습니다."

가장 대표적인 예가 바로 별도의 진학반 운영이다.

거의 대부분의 학교에서 진학반 또는 공부반 등으로 따로 운영하고 있어서 그게 불법인지 모르는 사람들이 많은데, 법적으로 그러한 진학반이나 공부반의 운영은 금지되어 있다.

하지만 학교에서는 명문대만 갈 수 있다면 그런 법 따위는 지키지 않아도 된다는 마인드가 팽배하다.

심지어 학교에서 그런 아이들에게 미리 시험에 나올 문제를 풀 수 있도록 다른 문제와 섞어서 슬쩍 제공하는 경우는 넘쳐 나는데 아예 잡을 수도 없다.

어떤 경우는 아예 내신에 영향을 주는 중간고사나 기말고사의 시험지를 통째로 빼돌려서 먼저 알려 주기도 한다.

사람들은 그런 일이 없기를 바라지만 인간의 탐욕은 끝이 없어서 다른 사람의 미래 같은 건 안중에도 없다.

"저도 처음에는 이 소리를 듣고 뭔 소리인가 했습니다. 말도 안 된다고 생각했거든요."

하지만 분명 일어난 일이었다.

"그리고 그 정도로 챙겨 줄 사람의 아이라면 답은 나와 있는 거나 마찬가지죠."

힘을 가진 누군가의 아이. 그렇지 않다면 이렇게 대놓고 불법을 행하면서 밀어줄 리가 없다.

"그 전화를 무시하면 안 된다 이거군요."

"그랬다가는 뒤통수를 맞을 수도 있을 겁니다."

"하지만 이제 와서 누가 전화하게 했느냐고 물어볼 수도 없잖아요."

"걱정하지 마세요. 나올 겁니다."

"네?"

"그렇게 압력을 행사해서 한 아이의 인생까지 망치려고 했던 놈이, 상황이 자기 마음대로 안 되는데 과연 안 나서겠습니까?"

노형진은 그때를 기다렸다가 잡으면 되는 거다.

"우리는 그저 기다리면 됩니다, 후후후."

현대의 성적학개론

　노형진은 학교의 선생들과 그 당시 현장에 있던 남자를 명예훼손으로 고소했다.

　사람들은 모욕과 명예훼손이라고 하면 욕하고 그러는 걸 생각하지만 그건 어디까지나 모욕이고, 명예훼손은 허위 사실을 유포하면 그걸로 끝나는 거다.

　"그러니까 학교에서 교감을 비롯한 선생님들이 명예훼손을 하신 게 맞다 이거죠?"

　"아니, 그건 명예훼손이 아니라 징계 절차라니까요."

　"징계 절차라니요? 증거도 없이 성적이 올랐으니까 커닝한 게 분명하다고 주장하고 계시지 않습니까?"

　"그거야, 증인이 있고……."

"그래서, 그 증인이 와서 증언했나요?"

"당신이 못 하게 했잖아요!"

"내가 언제 못 하게 했습니까? 애초에 당신들이 미성년자를 불법적인 위계로 압박하는 모습이 보여서 미성년자의 보호자가 오고 나면 하자고 한 거지. 그 당시 녹음 파일을 틀어 드릴까요?"

"그건……."

녹음 파일이 있다는 말이 나오자 교장은 흠칫했다.

실제로 사건이 터진 후에 미성년자에게 그런 식으로 압박해서 받아 낸 증언은 효과가 없다는 걸 다른 변호사에게 들었으니까.

"하지만 그 애가 증언을 안 한다고 하지 않습니까!"

"그러니까 수사에 들어가면 되겠네요."

노형진은 싱글벙글 웃으며 말했다.

노형진이 단순히 이 사람들의 입을 막기 위해 명예훼손으로 고발한 것은 아니다.

명예훼손은 기본적으로 그 사실의 존재성 여부가 관건이다.

특히 이건 공식적인 학교의 징계위원회를 통해 이루어진 명예훼손.

실제로 커닝이 이루어졌다면 명예훼손이 성립되지 않지만, 커닝이 없었다면 성립된다.

'그리고 그걸 증명하려면 결국 수사해야 한다는 거지.'

아마도 저 선생들은 설마 이걸로 경찰 수사까지 할 거라고는 생각하지 못했을 것이다.

실제로 이런 사건이 커지는 경우 학교에서 결정을 내린 뒤 피해 학생 측에서 불만을 가지고 정정 요청을 하는 것을 재판으로 시간을 끌면, 다른 아이들이 내신을 올린 상태에서 시험에 응할 수 있다.

그리고 그렇게 해서 명문대에 합격한 후에는 그때 가서 내신을 수정한다고 해도 그걸 사유로 대학의 입학을 취소할 수는 없다.

'다들 그렇게 이야기했으니까.'

지금까지 비슷한 사건들이 발생할 경우 대부분의 변호사들은 사후 대응을 기본으로 했다.

그래서 저들은 그걸 알고 이용하는 것이다.

하지만 노형진은 사전 대응이 원칙이었고 그중 하나가 바로 명예훼손으로 고소하는 것이다.

사건의 존재 여부가 확실하지 않다면 결국 그걸 확실하게 수사해야 하니까.

"안 그런가요, 수사관님?"

"하긴, 그건 그러네요. 증거나 증언이 있다면 모를까."

그런 사실을 아는지 모르는지 경찰은 고개를 끄덕거렸다.

"증언이라면 담임선생의 증언이 있지 않습니까?"

교감은 그렇게 말하면서 한쪽에 있는 담임을 바라보았다.

담임은 고개를 끄덕거렸다.

"맞아요. 제가 관리하는 애니까 확실해요. 갑자기 성적이 올랐어요."

"아, 그래요?"

노형진은 그런 담임을 보면서 물었다.

"성적이 오르는 것이 언제부터 커닝의 증거가 되었습니까?"

"네?"

"저도, 여기 수사관님도 학교를 다녔습니다. 열심히 공부해서 자기 성적을 올리는 것이 학생의 본분이 아니었나요? 본분을 잘했다고 해서 그게 범죄라고요? 그러면 성적을 올린 대부분의 학생들은 커닝한 거군요."

"갑자기 올랐다고요! 갑자기!"

"설사 갑자기 올랐다고 해도 그게 증거가 됩니까? 안 그렇습니까, 수사관님?"

그 말에 수사관도 동의하는 듯 고개를 끄덕거렸다.

"저도 그게 커닝을 했다는 증거는 안 된다고 생각합니다. 물론 의심스럽다고 주장하시지만, 의심만으로 징계하는 것은 위법합니다."

"그러면 법원을 통해 이의를……."

"형사사건 중인 사건을 뭘 이의를 통해 고쳐요? 형사로 바로 처벌하면 그만이지."

노형진의 말에 교감은 입술이 바짝바짝 말랐다.

'이게 아닌데.'

원래대로라면 자신들이 이렇게 경찰서에서 수사받지 않아야 했다.

그냥 대충 무마되고 정리가 끝났어야 한다.

"그리고 말입니다."

노형진은 담임과 교감을 보면서 궁금한 듯 물었다.

"커닝했다고 주장하셨잖습니까?"

"맞아요."

"그러면 어떤 과목요?"

"네?"

"커닝을 한 과목이 어떤 건지 묻는 겁니다."

"그건……."

순간 담임은 말을 못 하고 눈만 데굴데굴 굴렸다.

'그러겠지.'

커닝이라고 확신하고 몰아붙이려면 특정을 해야 한다.

그런데 어떤 과목을 커닝했는지 특정할 수가 없었다.

고윤주는 내신이 큰 폭으로 올랐다.

그런데 내신이 오르려면 거의 모든 과목의 성적이 올라야 한다.

그만큼 고윤주가 열심히 공부했다는 뜻이다.

"전체적으로 다 커닝을 했다고 보여요."

"어떤 면에서요?"

"전체적으로 다 올랐으니까."

"전체적으로 다 올랐다 이거죠. 그런데 보통은 전체적으로 성적이 다 오르면 열심히 공부했다고 표현하지 않나요?"

"그건…… 일반적인 경우고……."

"고윤주 학생이 일반적이지 않은 게 뭐가 있죠?"

"윤주는 가난한 집안 애라고요. 돈이 없어서 제대로 학습지도 못 사는 애가 갑자기 성적이 오른다는 게 말이나 된다고 생각해요?"

결국 돌고 돌아 다시 가난 이야기가 나왔다.

그리고 그걸 들은 수사관은 기가 막힌다는 표정을 지었다.

"지금, 그러니까, 선생님은 가난한 애니까 커닝한 게 확실하다 그겁니까?"

"아니, 제 말은 그게 아니라……."

수사관이 정색하면서 물어보자 담임은 어쩔 줄 몰라 했다.

'뻔한 변명은 할수록 불리하지.'

공식적인 회의라지만 그걸 주최하는 사람들이 상대방에게 부정적인 감정을 가지고 그걸 계속 표현하고 있다면 당연히 수사에서 불리하게 적용될 수밖에 없다.

애초에 존재하지도 않는 사건을 허위로 만들어 낸 거라 논리적으로 말이 안 되는 부분이 많았는데, 거기다 저렇게 가난하다는 이유로 적대적으로 생각한다면 경찰도 그들을 믿을 수가 없다.

"그리고 말입니다."

노형진은 두 선생을 보면서 물었다.

"시험을 볼 때 선생님들이 들어가지 않습니까?"

"네?"

"시험을 볼 때 감독관으로 선생님들이 들어가지 않느냐 이 말입니다."

"들어가죠."

"그런데 요즘 과목 개수가 몇 개인지는 모르지만 열 개는 넘을 테고 감독관들은 모두 랜덤으로 들어가는 걸로 알고 있는데, 그들이 단 한 명도 고윤주 양의 커닝 사실을 못 봤다는 건데요. 그게 말이 된다고 생각하십니까?"

당연히 말이 안 된다.

단상에 서 있으면 의외로 아이들의 행동이 하나하나 다 보인다.

아이들은 그런 선생의 시선을 피하겠다고 앞에 있는 아이의 등 뒤에 숨어서 잠을 자거나 하지만 선생들은 그 사실을 잘 알고 있다.

하지만 그냥 두는 거다. 귀찮으니까.

그리고 그렇게 대놓고 자는 애들은 대부분 깨워 봐야 공부에 열의를 보이지 않는다.

'하물며 옛날에 한 반에 예순 명씩 있던 시절에도 빤히 다 보였다는데, 지금 한 반에 서른 명도 안 되는데 그게 안 보인다고?'

더군다나 일반 수업도 아니고 시험 감독이다.

수업할 때는 칠판에 대고 필기하거나 해야 해서 모를 수도 있다지만 감독할 때는 오로지 아이들만 바라보고 있다.

그런데 커닝하는 게 단 한 번도 안 걸렸다?

"그 정도라면 둘 중 하나 아닙니까? 선생님들이 너무 무능하든가, 커닝이 이루어지지 않았든가. 만일 무능의 문제라면 이건 학교에서 공론화하고 학부모 회의를 해야 하는 겁니다. 재시험을 봐야 하는 거 아닌가요? 상식적으로 그런 식으로 시험을 봤다면 커닝을 한 사람이 한두 명이 아닐 가능성이 너무 높습니다."

"그건……."

"아, 거기서 혹시나 선생들이 알면서 모른 척해 준 거라면 업무상배임이 됩니다. 아시죠?"

그 말에 교감은 할 말을 잃어버렸다.

학생이 걸리지 않게 커닝을 한 거라고 하자니 감독관들의 무능 문제가 되고, 그걸 진짜로 문제 삼기 시작하면 학부모 입장에서는 학교의 시험 감독 시스템을 믿을 수가 없게 된다.

'자가당착에 빠지는 거지.'

커닝을 계속 주장하자니 선생들의 무능을 인정하고 재시험을 봐야 하고, 커닝 주장을 철회하자니 자기들이 명예훼손으로 처벌받을 수밖에 없는 상황이다.

"여러모로 말이 안 되네요."

"그러니 제대로 수사해야지요. 그런 의미에서 수사관님 동석하에 한 가지 실험을 하고 싶은데요."

"실험이라고요?"

수사관은 노형진을 보면서 물었다.

"아, 위험한 실험은 아닙니다. 물론 수사관님이 허락하셔야 진행할 거구요. 저는 변호사일 뿐이지 수사관이 아니지 않습니까? 실험 장소는 학교입니다."

"학교요?"

"네."

"흠."

그 말에 수사관은 고개를 끄덕거렸다.

지금 상황을 봐서는 학교에 한번 가기는 가야 했다.

커닝을 했다고 주장하는 상황이니 현장을 봐야 하니까.

"좋습니다. 어려운 실험인가요?"

"어렵긴요. 10분 안에 끝납니다."

어렵지 않은 실험. 하지만 노형진은 그걸로 게임이 끝날 거라는 걸 알고 있었다.

⚖️

며칠 후 수사관은 노형진과 학교 측과 약속을 잡고 사건이 벌어진 고윤주의 반으로 향했다.

"여기서 커닝이 벌어졌다고 주장하신다 이거죠?"

"네."

"고윤주의 자리가 어디입니까?"

"거기 오른쪽 창가 앞에서 세 번째 자리예요."

"아, 그래요."

노형진은 고개를 끄덕거렸다. 그리고 담임을 불러서 말했다.

"일단 영어부터 시작하지요."

"영어?"

"아이들을 불러 주시겠어요?"

"지금 아이들에게 증언을 시키겠다는 건가요? 아이들의 증언은 보호자가 없으면 효과가 없다는 건 당신이 말한 거 아닌가요?"

"물론 알죠. 압니다. 걱정하지 마세요. 증언시키려는 게 아니니까 일단 불러 주세요."

노형진이 말하자 담임은 짜증스러운 표정으로, 밖에서 호기심 가득한 눈으로 바라보는 아이들을 불렀다.

그러자 아이들은 뭔가 잔뜩 긴장한 얼굴로 들어왔다.

"학생 여러분, 지금부터 간단한 부탁을 할 건데요. 영어 시험을 볼 때의 포지션으로 앉아 주시겠어요?"

"네?"

"영어 시험을 볼 때 포지션 말입니다. 기억하나요?"

"대충은."

시험의 커닝을 막기 위해 자리를 바꾸는 건 흔하게 벌어지는 일이자 가장 기본적인 원칙 중 하나다.

당연히 시험을 볼 때마다 자리가 바뀐다.

"그러면 그때 앉았던 순서대로 앉아 주세요."

그 말에 아이들은 중구난방으로 움직이기 시작했다.

몇몇은 자리를 까먹었는지 허둥거렸지만 그래도 자리를 기억하고 있던 아이들의 도움을 받아서 자리를 찾아 갔다.

"좋습니다. 그러면 수학 시험으로 바꾸지요."

그렇게 바뀌는 아이들의 자리.

아이들이 그렇게 스스로 자리를 바꿀 수 있는 건 완전히 랜덤하게 바꾸는 것이 아니기 때문이다.

추첨으로 자리를 바꾸기에는 시간도 부족하고 또 준비 시간도 많이 필요하기에, 보통은 상하좌우로 한두 칸씩과 같은 어떤 규칙에 따라 자리를 바꾼다.

그래서 아이들이 바로 자리를 바꿀 수 있었던 것이다.

노형진은 그때마다 사진을 찍었다.

"좋습니다."

그렇게 과목별로 자리를 확인한 노형진은 수사관에게 말했다.

"아까 사진 다 찍으셨나요? 혹시 제가 찍은 걸 드려야 합니까?"

"아니요. 찍었습니다. 그런데 지금 뭐 한 겁니까?"

"뭐 한 거냐니요. 당연히 위치 확인이지요. 학교 측에서 증인이라고 내세운 아이는 이 순서대로라면 절반 이상의 시험에서 고윤주 양의 앞자리입니다만. 이건 논리적으로 말이 안 되지 않나요?"

"아!"

학교에서 내세운 아이는 시험 당시에 구조적으로 고윤주의 앞자리에 위치한 경우가 많았다.

그 말은 만일 고윤주의 커닝을 목격했다면 고개를 돌려서 뒤를 돌아봤다는 의미인데, 시험 중에 그게 가능할 리가 없다.

"요즘 시험 볼 때는 고개를 돌려서 다른 학생을 봐도 별말 안 하나 봅니다. 제가 학교에 다닐 때는 눈만 돌려도 호통이 떨어졌는데요."

그 말에 담임의 얼굴이 확 붉어졌다.

"하지만 뒤쪽에 앉을 때도 있잖아요!"

"네, 그건 그렇지요. 한 3미터쯤 뒤에?"

커닝이라는 건 은밀한 행동이다.

3미터 뒤에 있는 사람이 그 행동을 보고 커닝이라고 확신할 정도라면 주변에서 못 알아보는 게 이상한 거다.

"그리고 말입니다, 커닝을 봤으면 당연히 그걸 고발해야 하는 거 아닙니까?"

당장 선생님이 거기에 있고, 분명 커닝은 해서는 안 되는 일이다.

설사 현장에서 고발할 수 없다고 해도 시험이 끝난 후에 선생님을 찾아가서 고발하는 방법도 있다.

"그런데 왜 이제 와서야 고발한 겁니까?"

"그건……."

"일단 이 부분에 대해서는 학생 쪽의 이야기도 들어 봐야겠군요."

노형진은 자기 자리에서 잔뜩 얼어 있는 남학생을 보면서 말했다.

"과연 무슨 말을 할지 말입니다."

미성년자를 혼자서 증언하게 할 수는 없다.

하지만 보호자가 동석한 상황에서의 증언은 효력이 있다.

일단 학교에서는 남학생을 증인으로 밀었고, 일이 잘못되어 가고 있다는 걸 느꼈지만 그걸 부정할 방법이 없었다.

노형진이 이미 녹음 자료를 가지고 있었으니까.

당연히 경찰에서는 증언을 요청했고, 며칠 후에 학생은 어머니로 보이는 여자와 함께 경찰서에 찾아왔다.

"학생 이름이 구한조 맞지?"

"네."

"고윤주라는 아이가 커닝하는 걸 봤다고?"

"네, 분명 커닝하는 거 봤어요."

"어떤 과목이었지?"

"어, 국어랑 역사랑 일본어였어요."

노형진은 그 말을 옆에서 들으면서 고개를 끄덕거렸다.

이해가 가서?

'짧은 시간 내에 참 머리 많이도 썼다.'

국어와 역사와 일본어. 정확하게 구한조라는 아이가 윤주의 뒤에 앉았을 때 치른 시험들이었다.

노형진이 그날 했던 말을 기억하고 거기에 맞춰서 정황을 짜 둔 게 분명했다.

"그런데 왜 그날 바로 고발하지 않았니?"

"그게…… 제가 거기에서 고발하면 학교 내에서 왕따당할 것 같아서요."

"왕따?"

"고윤주가 학교에 친구가 많거든요. 그래서 왕따당할까 봐 무서웠어요."

'얼씨구, 잘하는 짓이다.'

학교에 친구가 많다는 것. 그게 나쁜 건 아니다.

그들과 몰려다니면서 나쁜 짓을 하는 게 나쁜 거지.

그런데 친구가 많다고, 그래서 왕따당할 것 같다고 말하면서 고윤주가 불량 학생인 것처럼 몰아가고 있다.

확실히 많이 준비한 티가 난다.

'실제로 성적이 떨어진 것도 확인되었고.'

구한조는 원래 내신이 2등급이었다.

그런데 이번 시험으로 내신이 3등급으로 떨어졌다.

내신이 3등급으로 떨어졌다면 아무래도 본래 가고자 했던 학교에 가기 힘들어지는 것이 사실.

"그래? 그러면 어떻게 커닝을 했니?"

"커닝 페이퍼를 만들어서 몰래 봤어요."

커닝에는 많은 방법이 있다.

지금은 아예 핸드폰이나 초소용 이어폰 등을 이용해서 커닝하는 놈들도 있기에 수능 시험장에서는 어떠한 전자 제품도 사용 금지다.

예외는 없으며, 실수라고 해도 가차 없다.

실제로 엄마가 실수로 아이 가방에 자신의 핸드폰을 떨군 것 때문에 아이가 시험장에서 퇴출되기도 했다.

가방도 아이가 가지고 있는 게 아니었고 별도로 반납한 상황이었지만, 전원을 끄고 제출하라는 규정을 위반했기 때문에 아이는 가차 없이 나가야 했다.

'하지만 고작 학교 시험에서 그런 짓을 할 이유가 없지.'

전자 기기를 써서 외부에서 도와준다는 건 외부에서 누군가와 통화하면서 문제를 풀어 준다는 건데, 아무리 생각해도 고윤주가 그럴 가능성은 없다.

그러니 가장 만만한 답은 다름 아닌 커닝 페이퍼다.

가장 범용적이고 가장 흔하며 자리를 옮긴다고 해도 쓸 수 있는 것. 그건 커닝 페이퍼뿐이니까.

"그래? 그렇구나."

경찰은 그래도 학생이라고 강하게 누르거나 하지는 않았다.

물론 노형진은 그걸 그냥 듣고만 있었다.

그러자 구한조 옆에 있던 엄마가 뭔가 마음에 안 든다는 표정으로 말했다.

"도대체 뭔 생각으로 거기에 서서 우리를 바라보는 거예요?"

"네? 아, 저요? 제가 생각하는 건……."

"네, 뭐예요?"

"한조 대기 중."

"뭐래?"

이해가 안 된다는 듯 노형진을 바라보는 엄마와 다르게 구한조는 바로 알아들었다.

"킥."

'한조 대기 중.'

최근에 유행하는 게임에서 나오는 대사다.

한조라는 캐릭터가 있는데, 선택하면 '한조 대기 중'이라는 대사를 한다.

"대기 중이라고요."

"뭘 대기해요?"

"저희 쪽 증거자료 말입니다."

그 말에 구한조의 엄마는 왠지 꺼림칙했지만 그래도 그냥 넘어갔다. 자신들의 말을 자르거나 반박하는 것도 아니고 그냥 옆에 서 있는 것뿐이니까.

지난번에 노형진에게 놀아난 걸 생각하면 당장 뒤집고 싶지만 그럴 수는 없는 노릇.

"그냥 진술하세요. 저도 기다리면 되니까."

그리고 구한조의 진술이 계속되었다.

"커닝 페이퍼를 어떻게 꺼내던?"

"치마 안쪽에 붙여서 가지고 왔어요."

여학생들이 커닝을 할 때 치마 안쪽에 커닝 페이퍼를 붙이는 행위는 사실 잡아내기 상당히 곤혹스러운 방식이다. 아이들에게 치마를 뒤집어 보라고 할 수는 없는 노릇이니까.

그런 말을 하면 당장 성희롱이 되어 버린다.

실제로도 영화나 그런 데서 종종 나올 만큼 뻔한 방식이지만 그만큼 막기도 힘들다.

'그렇게 하면 확실히 선생이 뭐라고 할 수가 없지.'

확실한 증거가 없다면 여학생에게 치마를 들추어 보라고 하는 것은 불가능하다.

더군다나 감독하던 선생님이 남자라면 더더욱 말이다.

그러면 선생의 무능 문제도 확실히 넘어갈 수 있다.

'하지만 내가 그렇게 하도록 몰고 간 건 모르겠지.'

자신들은 선택지가 많다고 생각했을지 모르지만 사실 노

형진이 저들에게 선택이 가능하다고 생각하도록 하면서 천천히 몰아간 거다.

즉, 여기서 선택하고 증언한다고 생각하고 있지만 그들은 이미 함정에 빠진 상황.

"이쯤이면 된 것 같구나."

수사관이 고개를 끄덕거리면서 끝났음을 말하자 아이는 엄마의 눈치를 살피면서 자리에서 일어났다.

"그러면 제가 가지고 온 증거를 제출해야겠군요."

"증거라고 하시면?"

노형진이 바로 자리에 앉자 떠나려고 하던 구한조의 엄마가 발걸음을 멈췄다.

그리고 노형진을 바라보았다.

"가세요. 왜 서서 그러세요?"

"당신도 우리가 진술하는 걸 구경했잖아요? 우리는 그러지 말라는 법 있어요?"

"하긴, 그것도 그러네요."

노형진은 그렇게 말하면서 가방에서 USB를 꺼내 건넸다.

"서류가 아닙니까?"

일반적으로 모든 주장은 서류로 제출해야 한다.

그래야 증거로 남기고 기록에 남기 때문이다.

"아, 서류는 따로 제출할 겁니다. 이건 서류로 낼 수 있는 증거가 아니라서요."

"이게 뭔데요?"

"그 당시에 촬영한 사진과 영상을 기반으로 구한조 군이 과연 뒤쪽에서 고윤주 양을 볼 수 있느냐는 것에 대한 실험 결과입니다."

"실험 결과?"

"네, 대학생들을 이용해서 한 실험입니다. 뭐, 키가 그렇게 크게 차이가 나지는 않을 겁니다. 그리고 이건 위치의 문제이니까요."

노형진의 말에 수사관은 바로 영상을 재생했다.

그러자 영상 속에서 구한조의 위치에 앉은 대학생의 모습이 나타났다.

"영상과 사진에 찍혀 있는 각 좌석 간의 거리는 교수님의 자문을 얻어서 정확하게 판단했습니다."

"그런데 이거……."

"네, 보다시피 안 보입니다."

대각선상으로 다른 학생이 있기 때문에 구한조의 자리에서는 절대 고윤주가 보이지가 않았다.

실제로 구한조의 역할을 하는 사람이 이리저리 고개를 돌려 봤지만 고윤주 역의 자리에 있는 사람의 신체의 극히 일부만 보일 뿐 보이는 게 없었다.

"아까 뭐라고 했지요? 시험을 보면서 고윤주 양이 치마 안에 커닝 페이퍼를 감춰 둔 걸 봤다? 미안하지만 그걸 보려면 거의 의자에서 이탈해서 옆으로 확 넘어져 있다시피 해야 합니다만?"

"……."

노형진이 증거를 제출하자 그걸 보고 있던 구한조의 엄마의 얼굴이 새파랗게 변하기 시작했다.

"보이지도 않는데 치마 안을 어떻게 봤지요?"

"해, 행동이……."

"네, 행동이 보인다고요? 이미 고윤주 학생의 자리에 있는 분은 치마를 입고 들추고 있습니다만?"

"남자분 아닙니까?"

"남자입니다. 아무리 실험이라고 해도 굳이 여성에게 이런 일을 시킬 이유는 없죠. 증거 2번 촬영본을 보시면 알 겁니다. 동시에 정면에서 찍은 화면이거든요."

대학생이 바지를 입은 상태에서 똑같은 길이의 치마를 입고 앞쪽으로 슬쩍슬쩍 커닝을 하듯 치마를 뒤집고 있었지만 다른 영상에서는 그런 걸 알아볼 수가 없었다.

"이걸 알아보려면 거의 옆으로 눕다시피 해야 하는데, 그걸 선생이 그냥 둘 리가 없다고 보입니다만?"

"……."

말로 하는 것과 그걸 증명하는 건 전혀 다르다.

노형진은 현장에서 이미 그 당시 위치와 각 거리를 찍은 증거를 가지고 있다.

'내가 만일 현장에서 찍어 오지 않았다면 당연히 학교에서 조작했겠지.'

학생들의 위치를 바꾼다거나 거리를 바꾼다거나 하는 식으로 말이다.

하지만 노형진은 이미 현장에서 사진을 찍어 왔고, 그 당시에 있던 아이들은 영문도 모르고 시키는 대로 했다.

그런데 이제 와서 그걸 바꾼다는 건 말이 안 된다.

경찰에게는 수사를 위해서 필요한 과정이라고 했지만 사실 이 증거를 제출하기 위해 필요한 과정이었다.

"그리고 다음 영상을 보시면 '역사 1'이라고 되어 있지요? 그 위치에서의 말처럼 짠 겁니다."

정확하게 구한조가 말한 과목마다 실험을 했고, 실험 결과는 어떠한 상황에서도 구한조는 고윤주의 전면이나 하다못해 측면도 볼 수 없다는 결론이 나왔다.

"그런데 치마에 커닝 페이퍼를 붙여서 커닝을 하는 걸 봤다 이거군요."

노형진의 말에 구한조의 눈동자가 격하게 흔들리기 시작했다.

"그나마 다행인 건……."

노형진은 몸을 돌려서 구한조를 바라보았다.

"아직은 위증죄가 성립되지 않는다는 거지요."

"아, 아직은?"

"위증죄가 성립되려면 증인 선서를 해야 하거든요."

그래서 경찰서에서 거짓말한 경우는 위증죄가 성립되지 않는다.

"하지만 저희 입장에서는 당연히 재판까지 가야 하니, 어머니가 한조를 데리고 다시 한번 나오셔야겠습니다."

그 말은 재판정에서 정식으로 증인 선서를 하고 그곳에서 이번 진술을 다시 해야 한다는 거다.

"거기에서 거짓말하시면 위증죄로 처벌받게 될 겁니다."

그 말에 구한조 엄마의 눈동자가 흔들리기 시작했다.

이미 진술한 이상 법원에서 출두 명령이 내려오면 출두할 수밖에 없다.

그런데 거기에서 이번에 진술한 것과 다른 말을 한다?

그러면 왜 거짓말했는지에 대해 캐물을 것이다.

그렇다고 반대로 이번에 진술한 것과 같은 말을 한다면?

애초에 불가능한 일이라는 걸 지금 노형진이 입증한 상황이니 무조건 위증죄로 처벌받게 될 수밖에 없다.

"물론 미성년자인 만큼 그걸로 감옥까지 가지야 않겠습니다만, 대학 입시할 때 대학에서 위증죄 처벌 기록을 보고 무슨 생각을 할지 참 궁금하네요."

그 말에 구한조의 엄마는 손을 바들바들 떨었다.

자신이 아들에게 거짓말을 하라고 한 이유가 뭔가? 어떻게 해서든 좋은 대학에 보내려고 한 게 아닌가?

그런데 위증 사실이 기록으로 남게 되면 좋은 대학에 가는 건 불가능해진다.

"저기, 다시 진술할 수 있을까요?"

"그건 제가 곤란한데요. 제가 거짓 진술하는 걸 다 봤는데 진술을 바꾸시겠다고요?"

노형진이 반대하고 나서자 구한조의 엄마는 마음이 다급해졌다.

"제발 잘못했습니다. 제발……."

"안 됩니다. 안 바꿔 줘요. 돌아가세요."

"아니, 제가 잘못했습니다. 진짜예요. 저는 우리 애 성적이 걱정돼서 시킨 일일 뿐입니다."

"성적을 걱정해서 시킨 일이라고요? 그러면 애한테 위증을 시켰단 말인가요?"

"네, 제가 시킨 거예요. 학교에서도 어차피 등록금도 못 내는 가난뱅이보다는 여유 있는 집 애들이 한국대에 붙어야 학교 명예가 올라간다면서……."

벌벌 떨면서 변명하는 엄마의 말에 노형진은 혀를 끌끌 찼다.

"그러면 어쩔 수 없지요. 뭐, 진술 번복하세요."

"감사합니다. 감사합니다."

구한조의 엄마는 노형진의 말에 몇 번이나 고개를 숙였다.

그 모습을 옆에서 어이없는 표정으로 바라보는 경찰.

"어차피 변호사님이 반대해도 아무 힘도 없잖습니까?"

"네?"

"아니, 진술 번복은 학생이 하는 거지 변호사님이랑은 상관없는 일인데요."

그 말에 분노한 구한조의 엄마는 노형진을 무섭게 노려봤지만 노형진은 뻔뻔하게 말했다.

"제가 동의를 못 해 드린다고 했지 진술을 막는다고는 안 했는데요."

"다, 당신……."

분노로 부들부들 떠는 구한조의 엄마. 하지만 노형진은 당당했다.

"그래서, 진술 번복을 안 하실 겁니까?"

노형진에게 놀아난 구한조의 엄마는 화가 났지만 진술 번복은 했다.

실제로 노형진의 말대로 위증으로 처벌받으면 대학에 가는 건 물 건너간다고 봐야 하니까.

당연히 노형진은 그 증거를 기반으로 학교 측을 압박했다.

구한조의 엄마는 학교에서 어떤 식으로 이야기했는지, 그리고 그 자신들을 어떻게 설득했는지를 이야기했다.

학교 측에서 고윤주가 커닝을 한 것 같은데 증거가 없다면서, 그로 인해 구한조의 내신 등급이 떨어졌으니 커닝에 대한 증언만 해 주면 다시 내신이 올라갈 거라고 설득해서 흔들렸다고 말이다.

그리고 그 소식을 전해 들은 학교는 난리가 났다.

애초에 학교에서 유일하게 들이민 게 구한조의 증언이었으니까.

"끄응."

교감은 법원에서 날아온 서류를 보며 신음 소리를 냈다.

법원에서 날아온 서류는 고윤주 관련 업무 금지 가처분 신청이었다.

쉽게 말해서 고윤주와 관련된 모든 징계와, 기타 불이익을 줄 수 있는 어떠한 행동도 하지 말라는 명령서였다.

자신뿐만 아니라 담임선생님 그리고 주임 등 징계 절차를 할 수 있는 모든 사람들에게 날아왔고, 결과적으로 교장 말고는 이걸 진행할 수 있는 사람이 없었다.

"일을 고작 이따위로 합니까?"

교장은 교감을 보면서 눈을 찌푸렸다.

별거 아니라고 생각해서 교감에게 말해 놨는데 교감이 일을 완전히 망쳐 버렸으니까.

"죄송합니다. 변호사가 끼어들 거라고는 전혀 생각하지 못해서……."

"아니, 변호사 따위가 뭐라고. 위에서는 얼마나 말이 많은지

압니까? 당장 그년 커닝으로 징계하고 성적을 되돌려 놔요!"

"하지만 저희는 징계가 불가능합니다. 교장 선생님은 가능하지만…….."

"크험."

그 말에 교장은 헛기침하면서 고개를 돌렸다.

그걸 본 교감은 이를 뿌드득 갈았다.

'젠장, 자기도 못 할 거면서.'

교감인 자신이 징계위를 연 이유는 교장이 떠넘겼기 때문이다.

즉, 교장은 문제가 생기는 걸 피하려고 자신에게 일을 다 넘겨 버린 것이다.

'내가 교장만 되면…….'

문제는 교장이 되기 위해서는 이번 일을 제대로 처리해야 한다는 거다.

"차라리 퇴학시키는 건 어떻습니까?"

교감의 말에 교장은 고개를 흔들었다. 자신도 그러고 싶지만 마땅한 방법이 없었기 때문이다.

"그건 최후의 수단입니다. 그리고 자를 만한 마땅한 방법이 없지 않습니까? 이거야 원, 그년은 쓸데없이 건실하게 학교생활을 해서는."

혀를 끌끌 차는 교장.

"젠장, 어떻게 해서든 커닝으로 해야 하는데."

그 말에 교감은 할 말이 없었다. 분명 자신을 탓하는 말이니까.

하지만 그걸 알면서도 항의하는 것은 불가능했다.

"다른 방법을 찾아봅시다. 분명 쥐고 흔들 수 있는 게 있을 겁니다. 방법이 없다면 최악의 경우는 쫓아내야겠지요. 절대로 걸리면 안 됩니다, 절대로."

교장의 말에 교감은 왠지 일이 그렇게 쉽게 진행될 것 같지는 않다는 생각을 했다.

하지만 그걸 입 밖으로 꺼낼 정도로 멍청하지는 않았기에 그저 고개만 끄덕거렸다.

"어떻게 해서든 성적을 되돌리겠습니다."

⚖️

"할아버지가 경기도 부교육감이라고요?"

"네. 내신이 떨어진 아이만 특정하면 되는 거니까 어려운 일은 아니었어요."

과연 누가 이러한 행동을 강요할까?

사실 어지간한 사람이라면 학교에 이 정도 강요를 할 수 없다.

민시아는 그렇게 생각했고, 노형진의 부탁대로 가능성이 있는 아이를 골라냈다.

이런 문제는 이권을 얻는 사람만 추적하면 되는 것이기에 어려운 일이 아니었다.

"임장안은 원래 1등급이었어요. 하지만 고윤주의 성적이 오르면서 내신이 2등급으로 떨어졌어요."

"흠."

"그리고 임장안의 할아버지는 말씀드렸듯이 경기도 부교육감이고요."

"부교육감이라고 하면 이해가 가네요."

부교육감쯤 되면 절대적 권력을 쥐고 흔들 수 있다.

외부에는 그다지 큰 힘이 없는 자리지만 학교에 관해서는 절대적 힘을 가지고 있다.

"그리고 학교가 부패할수록 그 힘은 더 강해지지요."

감사를 한 번만 내려보내도 선생들은 줄줄이 감옥으로 갈 테고 재단은 와해될 수도 있다.

"화상고등학교는 사립고니까요."

사립고가 깨끗하기를 바라는 게 무리지만, 어쨌든 뭔가 걸리는 게 있으니 사립고 입장에서는 어떻게 해서든 부교육감의 자식을 지켜야 할 것이다.

"그렇다면 내가 본 남자는 임장안의 아버지겠군요."

부교육감이라면 확실히 학교에서 벌벌 떨어도 전혀 이상한 게 없는 일이기는 하다.

"그런데 이해가 안 가는데요. 부교육감이잖아요? 교육감도 아닌데 이 정도 파워를 가질 수 있나요?"

노형진은 그 말에 입맛을 다셨다.

"교육감이 아니라 부교육감이기 때문에 이 정도 파워를 가질 수 있는 겁니다."

"네?"

"교육감은 선출직이잖아요."

"그렇지요."

"우리나라 교육감 선거는 사실상 사상싸움이 된 지 오래입니다."

전문가나 관련 경험이 풍부한 사람을 뽑기보다는 그냥 사상에 따라 보수 아니면 진보. 그게 대한민국의 기본적인 선거 구조이기 때문에 교육감 역시 선거할 때 보면 아이들의 미래나 교육 방향에 대한 토론보다는 빨갱이냐 아니냐는 주제가 더 많이 나온다.

"실제로 역대 교육감들을 보면 교육과 관련 있는 사람들이 그다지 많지 않았지요."

정치권에서 한자리하던 사람들. 교육과 상관없지만 정치하고 싶은 사람들. 그런 사람들이 교육감 선거에 나와서 자리를 두고 다퉜다.

"당연히 그런 사람들은 언제 갈지 모르는 자들이고, 열심히 배워서 교육감 일을 한다기보다는 예우받기 바쁘고 선거질 하기 바쁩니다. 교육감으로서 방향은 정해 줄 수 있지만 자세한 건 결국 아래에서 결정하는 거죠."

"부교육감은요?"

"부교육감은 선출직이 아니라 일반직공무원입니다. 1급에 준하는 공무원이죠. 경력직이라는 소리입니다. 그리고 그게 문제죠."

쉽게 말해서 교육감은 정치적 얼굴마담, 그리고 부교육감이 현실적인 리더라는 거다.

그러니 학교들 입장에서는 부교육감이 두려울 수밖에 없다. 어차피 교육감은 임기가 끝나면 끝이니까.

"하지만 부교육감은 아닙니다. 물론 부교육감도 교육감 임기가 끝나면 부교육감으로서의 직책이 끝납니다만, 결국 1급에 준하는 공무원이라는 거죠."

당연히 보직이 이동되는 수준으로 끝날 게 뻔하다.

문제는 그렇게 현직에서 일하면서 학교나 재단에서 수작질 부리는 걸 다 알고 있는 사람이 칼을 휘두르면 과연 어떻게 되냐는 거다.

"아, 그렇군요. 전관예우가 법률계에만 있는 게 아니니까요."

1급 공무원이라면 그곳에서 잔뼈가 굵은 사람이라는 거다.

당연히 어떤 식으로 장난치는지 알고 어디가 약점인지도 안다.

당연히 인맥도 엄청나게 끈끈할 것이다.

솔직히 전직 부교육감이 현직 부교육감에게 가서 학교 하나만 조져 달라고 하면 거부할 부교육감은 없고, 임기와는 상관없이 학교나 재단이 날아가는 건 순식간이다.

"그렇잖아도 요즘 흔들리는 재단이 많습니다. 인구가 많이 감소하면서 학생 수도 줄었으니까요."

당연히 그런 약점을 가지고 있는 재단에서는 두려워서 벌벌 떨 수밖에 없다.

"국회의원처럼 평균 권력이 강한 게 아니라 특정 방향으로 권력이 강한 거라는 건데."

문제는 임장안이다. 임장인이 부교육감의 손자라면 사실 답은 나와 있다.

"어지간한 조건만 맞춰 주면 거의 100% 한국대에 들어갈 수 있을 겁니다."

"그 어지간한 조건이라는 게 내신이군요."

"네, 맞습니다."

아무리 한국대에서 받아 주고 싶다고 해도 객관적인 지표가 부족하면 불가능하다.

"그리고 요즘 한국대에서도 병신 짓 하는 놈들이 많아져서 그것도 문제일 테고요."

"병신 짓?"

"대학에서 출신 따지는 놈들 말입니다. 한번 뒤집었는데도 그 버릇을 못 고치더군요."

"하긴, 그러는 걸 보면 역시 인간은 답이 없는 것 같다니까요."

물론 내신 1등급만 한국대를 비롯한 명문대에 가라는 법은 없다.

하지만 다른 건 몰라도 성적에 관해서는 그 기준은 절대적이다.

물론 특정 특기나 농어촌 전형 등을 통해 대학에 가는 것이 불가능한 것은 아니다.

그러나 성적만으로 가려고 한다면 사실상 1등급은 무조건 확보해야 한다.

면접이야 어느 정도 조절이 가능하겠지만 그 내신 등급이라는 것 자체가 기록이 남을 수밖에 없는 데다가, 소위 말하는 명문대 출신들은 자기들이 남들보다 우월하다는 생각에 다른 전형으로 온 학생들을 무시하는 성향이 무척이나 강하기 때문이다.

"그러니 나중을 위해서도 확실하게 해 두는 게 좋겠지요. 다른 곳도 아닌 한국대를 노린다면 말입니다. 더군다나 한국대 주요 학과의 자리가 넘치는 것도 아니고요."

경제학과나 의대나 법대 같은 곳은 언제나 경쟁이 치열하다.

말 그대로 0.1점 차이로 합격 여부가 결정되는데 그걸 무시할 수는 없다.

"그리고 한국대 정도 되면 경기도 부교육감의 권력쯤이야 무시할 수 있는 수준이니까요."

당장 교육부 장관이 한국대 출신이다. 부교육감이 지랄 발광해 봐야 교육부 장관 전화 한 통이면 모가지가 날아간다.

"완전 이해가 가네요. 그래서 더 더럽고."

짜증 나는 표정으로 말하는 민시아.

"그런데 이제 성적으로 뭔가를 할 수 있는 상황은 아니잖아요? 애초에 유일한 방법은 커닝으로 몰아붙여서 성적을 무효화하는 거였는데."

그래야 비율에 맞게 1등급으로 올려 줄 수 있으니까.

"흠, 그렇기는 하지만 그렇다고 해서 쉽게 포기할 것 같지는 않습니다. 그나마 다행히 공격 방향이 결국 성적 위주일 테니 방어는 어렵지 않을 거라고 생각합니다만."

노형진은 민시아 변호사가 준비한 자료들을 넘기며 말했다.

"커닝 쪽이 안 되면 이제 다른 방법을 쓰려고 하겠지요. 최악의 경우 퇴학 등도 노려 볼 만합니다."

"퇴학요?"

"네, 한 학기 동안 2등급이 되는 것과 1년 동안 2등급이 되는 건 차이가 큽니다. 그러니 최악의 경우 퇴학시켜서라도 나머지 아이들의 등급을 올리려고 하겠지요."

그렇게 말하던 노형진은 고개를 갸웃했다.

"응?"

"왜 그러세요?"

"아니, 이상한 게 있어서요."

"네? 뭐가요? 뜬금없이 뭐가 이상해요?"

"이 성적 말입니다. 이게 학교에서 말한 성적이라는 거죠?"

"네, 저희가 알아낸 공식적인 성적이에요."

"이게 가능할 리가⋯⋯."

"뭐가 이상한데요?"

민시아의 말에 노형진은 성적 순위표를 쭈욱 나열해서 보여 줬다.

"위쪽과 아래쪽을 보세요. 차이가 뭔지 아시겠습니까?"

"전혀요."

"순위의 역전 현상이 어느 부분 이상은 안 넘어갑니다."

"네?"

"이걸 보세요. 커트라인이 40등입니다."

노형진이 가리킨 부분은 전교 40등과 그 아래 등수가 적힌 부분이었다.

"1등부터 40등까지는 분명 성적의 변화가 있습니다. 그리고 40등부터 그 아래로도 등수의 변화가 있지요. 하지만 이상하지 않습니까? 40등까지와 그 아래 사이에는 등수의 변화가 전혀 없어요."

"네? 잠깐만요."

민시아는 그 말에 다시 한번 서류를 꼼꼼하게 삼켰다. 그리고 노형진의 말이 맞다는 사실에 소름이 돋는 경험을 했다.

1등부터 40등 사이에서는 등수가 왔다 갔다 했으나, 그들

중 40등 아래로 떨어지는 아이는 전혀 없었다.

동시에 40등 아래의 아이들은 아무리 성적이 잘 나왔어도 절대 40등 위로 올라서지 못했다.

"이게 가능한가요?"

"보통은 불가능하죠. 물론 성적이라는 게 상위 계층이 되면 아주 고정되는 성향이 있기는 하지만요."

1등 하는 애는 언제나 1등 하고, 2등 하는 애는 언제나 2등 하는 성향은 분명 존재한다.

하지만 40등의 벽이 이렇게 공고하지는 않다.

때때로 41등으로 떨어졌다가 올라가기도 하고 반대로 잠깐 40등으로 올라갔다가 43등쯤으로 떨어질 수도 있다.

말 그대로 0.2점 차이로 말이다.

"그런데 이상하게 40등까지는 고정불변이네요."

그것도 1년도 아니고 2년 동안 계속 그렇다. 이게 어떻게 가능할까?

"진학반 애들이라서 그런 거 아니에요? 어찌 되었건 진학반 애들이니까 관리도 더 잘할 테고요."

진학반이나 상급반 같은 특수 목적의 반을 운영하는 건 불법이지만 학교마다 다 하는 일이기는 하다.

그리고 그런 아이들은 분명 다른 아이들에 비해 좀 더 많은 혜택과 교육을 받는다.

"물론 그럴 수도 있지요. 하지만 그래도 이 정도로 고정일 수는 없을 텐데요."

노형진은 작년 기록을 보면서 고개를 갸웃했다.

"혹시 말입니다, 다른 연도 기록도 있습니까?"

"있기는 한데 가지고 오지는 않았어요. 필요한가요?"

"네, 좀 가져다주시겠습니까?"

노형진의 말에 민시아는 기록을 출력해서 가져다줬고, 노형진은 그걸 받아서 한참을 집중해서 살피기 시작했다.

그렇게 얼마나 지났을까. 마침내 노형진이 입을 뗐다.

"그렇군요."

"뭐가요?"

"이 성적의 고정화 현상이라고 해야 하나? 이게 시작된 지 대략 8년쯤 되었군요."

"8년요?"

"네. 성적을 보면 아시겠지만, 8년 전부터 성적이 고정되어서 커트라인 전교 40등을 기준으로 변화가 없습니다."

노형진은 기록을 비교하며 보기 쉽게 만든 차트를 보여 주면서 말했다.

그걸 보고 나서야 민시아도 일이 생각보다 심각하다는 걸 알아차렸다.

논리적으로 이건 말이 안 된다.

8년 동안 단 한 번도 40등의 선이 무너진 적이 없다?

"8년간 그 40등의 선을 넘어간 사람은 고윤주뿐입니다."

이것이 법이다

노형진은 서류를 덮으며 말했다.

"우연일까요?"

갑자기 무너진 경계.

그리고 커닝을 인정하라고 협박하는 학교.

아무리 경기도 부교육감의 아이의 내신이 떨어졌다곤 해도, 이러한 이상한 상황이 무려 8년간 유지되는 것은 말이 안 되는 거다.

노형진은 뭔가 생각하는 듯 손톱을 물어뜯다가 민시아를 보면서 물었다.

"경기도 부교육감은 어떤 사람입니까?"

"네? 그걸 왜 갑자기?"

"아니, 갑자기 그런 생각이 들어서요. 경기도 부교육감이 임장안의 할아버지라고 해서 우리는 무조건 그의 부패 사건이라고 생각했지요. 하지만 정작 우리 사건 전면에 그가 나선 기억은 없더군요."

"기다리면 나올 거라고 하지 않으셨나요?"

"네, 그럴 거라 생각했습니다. 아직 때가 아니라서 못 나온다고 생각했습니다만."

노형진은 살짝 생각을 바꿨다.

고정된 성적의 커트라인. 8년간 무너진 적 없는 그 선.

"아예 모를 가능성은 어떨까요?"

"네?"

"아무래도 만나 봐야겠습니다."

노형진은 진지한 얼굴로 말했다.

⚖️

임차무 부교육감. 그는 갑작스러운 노형진의 방문에 고개를 갸웃하면서 물었다.

"새론에서 어쩐 일로 저를 찾아오셨습니까?"

"화상고등학교 문제로 찾아왔습니다."

"화상고등학교요? 거기에 무슨 문제가 있나요?"

"손주분인 임장안 군이 거기 다니고 있지 않습니까?"

"그렇습니다만. 그게 무슨 문제라도?"

전혀 모르는 눈치의 임차무. 노형진은 그런 그를 보며 속으로 살짝 당황했다.

'이거 아무리 봐도 모르는 거 아니면 진짜로 뻔뻔한 건데.'

포커페이스일 가능성도 분명 존재하지만 동시에 모르는 것일 가능성도 분명 존재한다.

"약간의 문제가 있는데, 거기에 손주분이 엮였을 수도 있어서요."

"제 손주가요? 장안이는 문제를 일으킬 만한 애는 아닌데요. 제가 학교에서 문제를 일으키지 말라고 누누이 말했는데……. 혹시 학교 폭력 같은 겁니까? 그런 거라면 제가 먼저 사과드리겠습니다."

"그런 일이 아니라, 어쩌다 보니 휘말린 겁니다만."

먼저 사과하는 임차무의 모습을 보면서 노형진은 그가 직접적으로 이번 사건과 관련되지 않았다는 느낌이 강하게 왔다.

'그러면 아들이 문제인 건가?'

여우가 호랑이의 위세를 빌리는 것처럼 아들이 임차무의 위세를 빌릴 수도 있기는 하다. 아버지가 경기도 부교육감이라고 이야기만 하면 학교에서도 알아서 길 테니까.

하지만 그걸 대놓고 아들에게 물어봐도 이야기해 줄 리는 없다.

그러나 아들이 관련된 문제에 대해 확인할 방법이 없는 건 아니다.

"혹시 아드님이 덩치 좀 있으신가요? 눈도 좀 부리부리하고. 솔직히 임 부교육감님처럼 생기지는 않았던 것 같습니다만."

"아, 제 아들을 본 적이 있으신가 보군요. 저랑은 좀 다르지요. 운동을 했거든요."

"네? 운동요?"

"어려서부터 운동을 좋아했지 공부는 좋아하지 않았습니다. 그래서 체육을 시켰지요. 태권도 국가 대표도 하고 그랬습니다, 허허허."

그 말에 노형진은 답을 찾았다.

'확실하군. 아들이 아버지의 위세를 빌린 거야.'

아들이 공부를 좋아하지 않는다고 체육계로 진학할 수 있게 진로를 인정해 주고 국가 대표도 할 수 있게 도와준 아버지가 손주의 성적을 조작하기 위해 학교에 압력을 행사할 가능성은 그다지 높지 않다.

성적에 그렇게 집착하는 사람이었다면 아들의 성향과는 상관없이 무조건 공부를 강요했을 것이다.

"그런데 무슨 일이기에 저를……?"

"으음, 법률상의 문제이기 때문에 섣불리 말씀드릴 수가 없습니다."

법률상의 문제는 관련자가 아닌 제3자에게 쉽게 말할 수가 없다.

더군다나 그는 경기도 부교육감. 교육 쪽으로 문제가 있을 경우 그걸 덮고자 하면 충분히 덮을 수 있는 사람이다.

"무슨 문제인지 모르지만 제가 끼어들면 곤란한 문제인가 보군요."

오랜 공무원 생활을 통해 임차무는 대충 상황을 알아차렸다.

"학교 내부의 부패 문제입니다. 그리고 손주분이 현재 화상고등학교에 재학 중이시지요."

"그게 문제가 된다면 말씀하시지 않아도 이해합니다. 하지만 제가 그것과 관련되어서 뭔가를 할 거라는 걱정은 하지 않으셔도 됩니다."

그는 담담하게 말했다.

"사실 학교에서 제 아이를 통해 뭐라도 하고 싶어 한다고 해도, 저한테는 의미가 없으니까요."

"어째서 말입니까?"

"장안이는 제 손주입니다. 하지만 동시에 학생입니다. 학교에 문제가 있다면 전학시키면 그만입니다."

그 말에 노형진은 임차무를 바라보았다.

그리고 그의 시선에서 그 말이 진심임을 알아차렸다.

"만일 문제가 커져서 아이에게 영향을 준다면요?"

"그게 그 아이의 잘못인가요?"

"아마도 그럴 겁니다."

"그렇다면 책임을 져야지요."

약간은 씁쓸하게 말하는 임차무를 보면서 노형진은 그가 관련이 없다는 걸 확신했다.

'임차무가 관련된 게 아니야. 단시간 동안 이루어진 일도 아니고. 그렇다면, 후우…… 여러모로 힘든 싸움이 되겠군.'

노형진은 눈을 찡그릴 수밖에 없었다.

조작된 인생들

　노형진은 한 가지 가능성을 감안했다.

　그리고 그걸 말해야 한다고 생각했다.

　"제 생각에는 아무래도 성적을 조작한 듯합니다."

　"성적 조작?"

　"네. 아시겠지만 아예 없던 사건은 아닙니다. 쉬쉬할 뿐이지, 권력자의 아이들을 위해 성적을 조작하는 방법은 여러 가지가 있지요."

　노형진의 말에 민시아 변호사가 고개를 갸웃했다.

　"하지만 그게 가능한가요? 애초에 요즘은 조작하는 데에 한계가 있지 않나요? 모든 게 다 컴퓨터로 관리되잖아요."

　모든 것은 컴퓨터 기록으로 남으니 그걸 조작하면 티가 날 수밖에 없다.

아이들은 시험을 본 후에 대략적으로 어떤 문제에 어떤 답을 썼는지 알고 있고 나중에 풀어 보기 마련이다.

그런데 자신이 100점인데 결과가 90점으로 나온다면 그냥 가만히 있지는 않는다.

실제로 학교는 성적에 대한 이의 기간이 있고, 그 시기에는 학생이 요구하면 제출한 OMR 카드를 비교하면서 성적을 확인시켜 준다.

"과거처럼 선생님이 성적을 조작할 수는 없네. 그건 불가능해."

김성식도 민시아 변호사의 말에 동의한다는 듯 말했다.

"맞습니다. 일반적인 방법이라면 그렇지요. 하지만 다른 방법을 쓴다면 안 걸리게 할 수 있습니다."

"다른 방법?"

"네."

노형진은 고개를 끄덕거렸다.

사실 그가 생각하는 방법은 아직 세상에 알려지지 않았다. 나중에야 알려졌기 때문이다.

게다가 그 당시에는 큰 사건들이 워낙 많아서 묻혀 버리기까지 했지만 노형진은 이번 사건을 하면서, 특히 고정되어 버린 등수를 보면서 확신하고 있었다.

"일단 이 방법에 대해 설명하기 전에 요즘 시험 방법에 대해 알려 드려야겠네요."

"시험 방법요? OMR 카드를 쓰지 않나요? 그게 벌써 몇 년을 쓴 건데."

"나는 써 본 적이 없네만 그래도 그 정도는 아네. 그걸 굳이 설명할 필요는 없네."

물론 노형진은 OMR 카드의 사용법에 대해 설명하려고 하는 게 아니었다.

"제가 설명해 드리고자 하는 건 시험의 과정입니다. 과거에 커닝은 심각한 문제였죠, 특히 배점이 높은 문제들은 그런 커닝의 주요 대상이었고요. 가령 주관식들 말입니다. 일단은 수학을 예시로 들죠."

"아, 그건 그렇지."

1점이 아쉬운 시험에서 주관식은 배점이 어마어마하게 크다.

최대 5점까지 배점이 들어가는 그런 문제들로 인해 소위 말하는 변별력이 생긴다고 이야기한다.

현실적으로 틀린 말은 아니다.

아주 극악한 확률이지만 객관식은 찍기만으로 답을 정할 수 있고 일부는 그게 맞아떨어져서 평소보다 좋은 점수가 나오기도 하니까.

하지만 주관식은 그게 불가능하다. 자신이 답을 구해서 적어야 하니까.

"그리고 요즘은 시험지를 걷어서 다시 가지고 간다고 하더 군요."

"다시 가지고 간다고요? 저 때는 가지고 가서 풀어 보라고 했는데요."

"시대가 바뀌었으니까요. 다 그런 건 아니고 학교의 규칙 에 따라 바뀌는 모양입니다만, 일단 화상고등학교는 그걸 제 출하는 게 규칙이라고 합니다. 그건 고윤주 학생에게 확인했 습니다."

그렇게 된 이유는 간단하다.

과거에는 학생들에게 그냥 시험지를 줘도 상관없었지만 요즘은 저작권의 인식이 대단히 강해졌고 인터넷이 상당히 발달했기 때문이다.

사실 한 개의 문제를 만드는 것은 절대 쉽지 않은 일이다.

정해진 커리큘럼 안에서 만들 수 있는 문제의 종류는 대부 분 비슷해질 수밖에 없으니까.

"다들 기억은 못 하시겠지만 그렇게 유출된 시험문제를 가 지고 모 출판사에서 책을 낸 적이 있습니다."

명문이라 불리는 학교의 시험지들을 얻어 낸 그들은 ○○ 년도 ○○학교 기출문제라고 문제집을 만들어서 팔았는데. 알게 모르게 문제를 일종의 돌려 막기로 쓰던 선생들 입장에 서는 졸지에 소위 말하는 족보, 아니 정답지가 세상에 팔려 버린 꼴이었다.

이것이 법이다

당연히 그 사건은 소송으로 갔고 결국 학교의 저작권이 인정되면서 해당 책은 전량 폐기되었다.

"그런 사건이 있었나?"

"네, 알려지지는 않았지만요. 하여간 그런 이유로 요즘은 학교에서 시험을 보고 나면 시험지를 회수한다고 합니다."

"그거랑 주관식이랑 무슨 상관이 있단 말인가?"

노형진의 말에 김성식은 고개를 갸웃했다.

아무리 생각해도 상관없어 보였으니까.

"아, 상관이 있습니다. OMR 카드는 작아서 아무래도 풀이를 쓸 수가 없으니까요."

물론 그 뒤에 나름 큰 공간이 있기는 하지만 종종 풀이가 어려운 문제의 경우는 그걸 쓸 만한 공간이 없다.

더군다나 그 좁은 공간에 정리해서 풀이를 적어 넣기 위해서는 일단 풀이 과정 자체를 깔끔하게 정리해야 한다.

그러나 상대적으로 시험지는 공간이 넓고 공식을 깨끗하게 하지 않아도 그냥 알아볼 정도로만 적으면 된다.

더군다나 시험지는 회수한다.

그러니 문제 풀이 과정을 시험지에다가 적어도 문제 될 건 없다.

"그게 이번 사건과 무슨 관계가 있다는 거죠?"

"여기서 문제가 되는 건 소위 말하는 진학반입니다. 그 애들을 따로 관리하는 건 아시죠?"

"알지."

"그 애들은 따로 강의도 하고 그러는 걸로 알고 있습니다."

애초에 그러는 건 불법이지만 어차피 아무도 안 지키는 법이다.

그리고 따로 데리고 강의할 게 아니라면 사실 말이 진학반이지 도리어 불리해질 수밖에 없다.

일단 학교에 잡혀 있다는 것은 결과적으로 학원에 갈 시간을 빼앗긴다는 건데, 진학반이라는 이름으로 잡아 두고 자습시킨다면 학원에서 교육받는 아이들에 비해 불리해질 수밖에 없으니까.

"그런데 거기에서 별도의 강의를 하는 사람이 외부 강사일 가능성은 없고, 결국 내부 선생님이지요. 그런데 그 선생님이 능력이 된다는 걸 어떻게 증명할까요?"

"뭔 소리를 하고 싶은 건가?"

"학원이 그 실력을 입증하기 위해서는 성적이 올라야 합니다. 그렇지요?"

"그건 맞죠. 학원에 다니는데 학교 성적이 떨어지면 누가 거기를 다녀요?"

결국 어떤 학원이든 그 결과는 학교의 시험으로 승부를 봐야 한다.

학원이 아무리 크고 잘나가도 그곳에서 나오는 점수는 대입에 전혀 영향이 없다.

인정받는 점수는 오로지 학교 점수뿐이다.

"똑같이 교육한다고 해도 학교 선생이 더 실력이 좋을 거라는 보장은 없지요. 그에 반해 학원은 어떤가요? 학교와 다르게 완전한 경쟁 시스템입니다."

소위 말하는 1타 강사가 있는데, 그들은 수억의 수익을 올린다.

설사 1타 강사가 아니라고 해도 한 지역에서 유명한 강사가 있고, 그의 수업을 들은 사람들은 이해가 쏙쏙 된다고 말하기도 한다.

그에 반해 학교는? 선택지가 없다.

학교 선생님으로서 큰 문제가 없으면 계속 가르치는 것이다.

그나마 공립은 순환이라도 되지, 사립은 거기 직원으로서 10년이고 20년이고 계속 가르치게 된다.

당연히 그 안에서 실력에 대한 검증 같은 건 벌어지지 않는다. 딱 기본만 가르치면 되니까.

"공부를 잘하는 재능과 잘 가르치는 재능은 전혀 다르지요."

"그렇기는 하지."

"그러면 어떻게 해야 학교의 진학반이 거기에 대응할 수 있을까요? 답은 간단합니다. 운전면허 시험을 볼 때도 운전면허 시험장보다는 운전면허 학원에서 보는 게 편하지요."

노형진의 말을 듣던 김성식은 바로 알아들었다.

"문제를 유출한단 말인가?"

운전면허 학원 중 일부에서는 자체적인 자격시험을 치른다.

당연히 그 안에서 시험을 보는데, 보통 시험 장소가 평소 연습하던 그 장소인 경우가 대부분이다.

당연히 매일같이 연습하던 장소에서 운전면허 시험을 본다면 그만큼 유리할 수밖에 없다. 모든 답을 다 알고 있으니까.

"제가 생각하는 건 그렇습니다. 솔직히 문제집을 사다가 풀이할 거라면 아무래도 학원에 가는 게 더 유리하지요."

어차피 시험문제를 내는 것도 선생님, 그리고 그 수업을 하는 것도 선생님이다.

그리고 그 경쟁을 쉽게 하는 것. 그건 다름 아닌 문제를 미리 유출하여 제공하는 것이다.

"진학반에 풀이 문제를 제공하는 건 어려운 일이 아니지요."

증거가 남는 것도 아니다.

문제를 칠판에 쓰고 설명하고 풀이해 준다.

그리고 그걸 학교 시험으로 낸다.

"주관식의 배점은 어마어마합니다. 한 문제당 3점 정도씩 배정하지요."

그리고 시험마다 다르지만 서너 문제 정도 낸다.

네 문제라고 하면 12점이다.

공부를 잘하는 아이들에게 있어 미리 네 문제의 답과 풀이를 알고 있다는 건 어마어마한 혜택이다.

"물론 단순히 문제에 대한 답만 아는 건 혜택이 아닐 수도 있습니다."

그러나 만일 그 문제의 난이도가 터무니없이 높다면?

그래서 그걸 푸는 시간이 오래 걸린다면?

정해진 시간 안에 정해진 문제를 풀어야 하는 학생들 입장에서는 우선순위에서 밀릴 수밖에 없다.

"제가 학교에 다닐 때 들은 말이 있습니다."

쉬운 문제를 우선시하고 어려운 문제를 나중에 풀어라.

어려운 문제는 배점은 높지만 시간을 잡아먹기에 나중에 쉬운 문제를 풀 시간마저도 빼앗긴다.

"그건 수험생들 사이에서도 상식 아닌가요?"

"맞습니다. 상식이죠. 그러면 다른 학생들은 어떻게 할까요?"

"그렇군. 대부분 쉬운 문제나 객관식 위주로 푼 후에 난이도가 있는 주관식을 풀겠지."

그러나 시간이 부족해서 풀지 못하거나 다급하게 풀다가 실수해서 답이 틀릴 가능성이 크다.

그에 반해 이미 그 답과 풀이를 알고 있는 진학반의 아이들은 그 네 문제만큼의 시간을 벌게 되는 거다.

"이쯤 되면 다른 아이들이 이기는 게 불가능해질 겁니다."

당연히 진학반에 들어가 있는 아이들은 엄청나게 유리한 위치를 잡을 수 있게 된다.

"물론 그런 진학반에 들어갈 만한 아이들이 공부를 못하는 것은 아니겠지만요."

하지만 고난이도의 풀이를 보여 주는 것만으로도 충분히 그 아이들에게 어마어마한 혜택을 줄 수 있다.

"그리고 저희가 조사한 바에 따르면 8년 전부터 등수가 고정되기 시작했습니다. 정확하게 현 교장이 오고 1년이 지나서부터지요."

"으음."

그러니까 명문대에 갈 가능성이 높은 아이들을 모아서 따로 교육시키고 그들에게 내신을 몰아주는 짓을 교장이 시작했다는 거다.

"그런 짓을 한다고요?"

"이미 각 학교에서는 다 하는 짓거리입니다. 진학반 없는 학교가 더 드물 겁니다. 누차 말하지만 그건 불법입니다."

"하지만 문제 유출은 상황이 다르잖아요."

"그건 그렇지요."

"아니, 그걸 알면서 왜 애들은 신고를 안 해요?"

그 말에 김성식은 쓰게 웃으며 말했다.

"할 이유가 있나?"

"네?"

"아이들이 그게 불법이고 해서는 안 되는 행위라는 걸 인식할까?"

자신들은 그저 수업을 들었을 뿐이고, 다른 아이들은 학원에서도 수업을 듣는다.

"하지만 그 문제가 나온다는 걸 알잖아요?"

"그 문제가 나오는 걸 아는 게 아니라 그 문제가 나와서 운이 좋다고 생각하겠지요."

"그런……."

"틀린 말은 아니지 않습니까?"

확실히 틀린 말은 아니다.

아이들은 설마 자신들이 부정행위를 하고 있다고 인식하기보다는 운이 좋아서 그 문제가 나왔다고 생각할 것이다.

아마 그대로 내는 게 아니라 살짝 숫자를 바꾸는 식으로 손을 보겠지만, 이미 풀이 방식을 따로 교육받은 이상 그걸 푸는 건 어려운 일이 아닐 것이다.

"더군다나 설사 그걸 알았다고 해도 문제입니다."

"어째서 말이죠?"

"분명 이 행위는 불법행위입니다. 만일 이게 외부에 드러난다면 어떻게 될까요? 당장 커닝을 주장하면서 고윤주에게 그걸 인정하라고 강요한 이유는 뭘까요?"

"아!"

자칫 이 사실이 드러나 버리면 아이들이 본 시험의 성적은 무효화된다.

딱 한 번뿐이었다 해도 문제인데 벌써 8년이나 그래 왔다.

"현재 재학 중인 학생들도 복잡해집니다. 1학년 때 봤던 시험을 이제 와서 다시 볼 수는 없는 노릇이니까요."

결국 그걸 고발한 자신의 점수만 0점 처리된다는 건데, 그러면 그간 꿈꾸던 명문대 진학이 불가능해진다.

"자신들도 모르게 공범이 된 겁니다. 그러니 고발할 수가 없지요."

처음에는 몰랐을 테고, 알았을 때쯤은 이미 공범이라 고발이 불가능해진 것이다.

"그러면 고윤주를 그렇게 배척한 이유는?"

"윤주 양은 이번 사건에서 완전히 빠지는 논외자니까요."

고윤주는 이번에 40등 안에 들어갔다.

그 말은, 학교의 규정대로라면 누군가를 빼고—정확하게는 구한조를 빼고 고윤주를 넣어야 한다는 소리다.

그런데 고윤주는 지금까지 함께해 온 애들과 다르게 새롭게 진학반으로 들어온 아이다. 즉, 입을 다물고 있는 다른 아이들과는 상황이 너무 많이 다른 것이다.

"거기서 풀었던 문제가 시험문제로 나온다면 윤주는 고발이 가능합니다. 선생이 그랬지요, 등록금도 내지 못하는 가난한 애보다는 다른 애가 한국대에 가는 게 낫다고? 반대로 말하면, 어차피 가지 못할 거니 양심적으로 행동해도 된다는 거죠. 그 성적이면 시선을 조금만 낮추면 대학에 진학할 때 전액 장학금을 주는 곳으로 갈 수 있을 테니까."

"아! 그렇군요! 그게 가장 큰 문제군요!"

"네, 그게 가장 큰 문제인 거죠."

윤주는 고발이 가능한 유일한 아이고, 그로 인해 피해를 볼 것도 없다.

일단 그들에게서 문제를 받아서 푼 게 아니라 자신의 힘으로 풀었으니 성적이 0점 처리될 이유도 없다.

"그에 반해 이게 소문나면 지금 있는 아이들만 문제가 되는 게 아닙니다."

이미 입학한 아이들의 성적이 조작된 것이라는 걸 알면 대학에서 어떤 행동을 할지 알 수가 없다.

최악의 경우 입학이 무효화될 수도 있는데, 그러면 그들의 최종 학력은 고졸. 그나마도 내신 등급이 바닥인 고졸이 되어 버린다.

"인생이 시궁창으로 처박히겠지요."

그러니 학교 입장에서는 어떻게 해서든 고윤주가 커닝을 했다고 인정하게 하고 진학반 수업에 들어오지 못하게 해야 했던 것이다.

"만일 윤주가 들어가지 않겠다고 했다면 이런 일은 없었겠네요?"

"그럴 겁니다. 하지만 윤주가 그럴 리가요."

공부도 잘하고 열의도 있는 아이다.

사실 보육원을 나와서 대학에 갈 돈이 없었기에 처음에는 윤주도 포기하고 열의를 안 가졌다고 한다.

하지만 입학 시의 등록금을 대룡의 자원봉사 단체에서 십시일반 모아서 도와주겠다고 하고 대룡 장학생으로 추천해주겠다고 하니 공부에 대한 욕심이 생긴 것이다.

더군다나 그 후의 등록금이나 생활비는 과외로 벌 수 있다는 말에 윤주는 필사적으로 공부에 매달렸다.

"윤주가 노리는 게 한국대학교 수학과라고 하는데, 들어보니 한국대학교 수학과 이름을 달고 과외를 하면 한 달에 500만 원은 우습게 벌 수 있다고 하더군요."

윤주는 돈 때문에 가족이 흩어져서 살고 있는 상황이다. 만일 그녀가 과외를 해서 그 정도를 벌 수 있다면 가족들이 다시 모일 수 있기에, 그녀는 진짜 필사적으로 공부했다고 한다.

원래도 좋았던 머리에 목표까지 생기니 성적이 쑥쑥 올라가는 건 어찌 보면 당연한 일이었던 것.

"아니, 그렇다고 해서 이렇게 빨리 성적이 올라요? 다른 걸 떠나서 수학은 그렇게 성적이 오르기 힘들 텐데."

수학은 기본이 엄청나게 중요하니까.

"아, 모르셨나 보군요. 의뢰를 한 진하선 씨가 한국대 수학과 출신입니다. 요 근래 대룡에 취업하는 사람들 스펙이 어마어마합니다."

대룡이 커지고 그만큼 유명해지고 한국에서는 2위 기업이 되자, 이제는 한국대 출신의 수재들도 몰려들고 있는 상황.

"거기다 제가 봤을 때는 진하선 씨가 사람을 가르치는 재능이 있더군요. 애초에 과외 해서 그만큼 돈을 벌 수 있다고 이야기해 준 것도 진하선 씨구요. 가르쳐 본 경험이 있으니까요. 그러더군요, 만일 즐거운 학교생활을 포기하고 과외 시간을 더 늘리면 천만 원도 가능하다고."

"네? 천만 원요?"

"네. 종종 그런 애들이 있다고 합니다."

수학과는 말 그대로 순수한 학문을 다루는 학과다. 그렇다 보니 돈이 되는 걸 원하는 사람들은 그리 많이 오지 않는 편이라고 한다.

그래서 종종 천재적인 사람들이 들어오기도 한다나?

순수 학문은 아무래도 사회에서 그다지 인기가 없으니까.

"그 정도면 차라리 취업보다 나은데요."

"그건 맞습니다. 하지만 거기 타이틀 효과도 어느 정도만 효과를 발휘한다고 하더군요."

그 돈에 눈멀어서 휴학을 해 가면서 돈을 버는 사람이 있는데, 그런 경우 한 3년쯤 지나서 나이가 많아지면 부모들이 기피한다는 거다.

"흠, 복잡하네요."

"하지만 윤주 양한테는 진짜 하늘이 내린 기회이지요."

1년에 이것저것 빼면 최대 8천만 원.

그리고 대학 재학 기간은 4년.

거기다 진하선의 말에 따르면 3년 정도의 휴학 기간은 부모들이 인정한다고 하니 그러면 최대 7년.

7년간 벌 수 있는 돈은 5억 6천만 원.

"윤주의 소원인 가족들이 모여 사는 것이 충분히 가능한 돈이지요."

"으음."

그런 기회를 잡을 수 있는 진학반을, 과연 윤주가 포기할까? 당연히 포기하지 않을 것이다.

"하지만 학교 입장에서는 고발의 가능성도 있기 때문에 윤주를 받아들일 수가 없고요."

"그러니 최악의 경우 퇴학을 시도할 겁니다."

"퇴학이라……."

물론 퇴학 처분된다 해도 다른 학교에 가지 못하는 것은 아니다.

하지만 그렇게 되면 고윤주의 꿈에 큰 차질이 생긴다.

퇴학 기록이 있는 사람을 받아 줄 정도로 한국대학교가 호락호락하지는 않으니까.

"문제는 학교에서 이런 짓거리를 한다는 걸 입증할 수 있는 방법이 없다는 거죠."

시험지는 시험이 끝나면 모조리 회수해 가고, 설사 시험문제를 세세히 모두 기억하고 있다고 해도 개인의 기억에 기대어 이 정도 규모의 범죄를 고발하는 것은 쉬운 일이 아니다.

더군다나 그걸 증언해 줄 수 있는 사람이 없다.

진학반의 아이들이 자기 인생이 망가지는 걸 각오하고 증언할 가능성은 없다고 봐도 무방하니까.

"그런데 왜 마흔 명일까요?"

"소위 말하는 명문대에 갈 수 있는 커트라인인 거죠. 내신 등급은 백분율로 나뉘니까요. 그리고 마흔 명이면 11%입니다."

학생들의 숫자를 생각하면 딱 2등급까지 들어가는 비율이다.

"그래서 구한조의 엄마가 그 난리를 친 거군요. 하긴, 아무리 등급이 떨어졌다고 해도 그렇게 아이한테 위증하라고 할 정도로 압박할 이유가 없기는 하네요."

"맞습니다. 민 변호사님 예상대로 그 부모가 문제 유출에 대해 알고 있었다면 이야기가 달라지지요."

만약 문제 유출로 혜택을 봐서 2등급을 유지하고 있는 거라면, 그 혜택을 잃게 될 경우 2등급 유지는 불가능하다는 뜻이 된다.

운이 좋아 봐야 3등급을 유지하는 거고, 최악의 경우 4등급까지 떨어질 수도 있다.

그만큼 고난이도 주관식 문제에 배점이 높으니까.

"2등급은 소위 말하는 명문대를 노려 볼 만하지만, 3등급은 인서울 정도가 되겠네요."

그러니 그 혜택을 포기할 수 없었던 구한조의 부모는 위증이 안 좋은 짓이라는 걸 알면서도 아이에게 강요한 것이다.

교육적으로 안 좋은 걸 아이에게 강요할 때는 다 이유가 있었던 것.

"그럼, 고발하지 않는다고 하면 이 모든 문제가 끝날까?"

"그렇기야 하겠지요. 하지만 윤주 양이 그럴 것 같지는 않습니다, 솔직히. 그리고 우리도 이걸 몰랐다면 모를까, 안 이상 놔둘 수는 없고요."

"하긴, 그건 그렇지. 여기서만 벌어지는 일이 아닐 수도 있고."

문제 풀이 형식으로 교묘하게 문제를 유출하고 상위 그룹에 내신을 몰아주는 형태의 범죄는 모른 척할 수가 없는 일이다.

"문제는 어떻게 고발하느냐인데……. 이거 참, 문제를 내놓으라고 할 수도 없고, 애초에 강의를 했는지 안 했는지 증명할 방법도 없으니."

김싱식이 고민하는 그때, 노형진의 핸드폰이 연신 떨리기 시작했다.

노형진은 왠지 불길한 기분에 핸드폰을 들어 보았다가 혀를 끌끌 찼다.

"왜 그러나?"

"진하선 씨입니다. 윤주한테서 다급하게 연락이 왔다는군요."

"연락? 무슨 연락?"

"윤주에 대한 징계위원회가 소집되었답니다."

"뭐? 징계위원회? 지난번에 자네 덕분에 뒤집어지지 않았나?"

그래서 법원에서 명령까지 떨어져서 더 이상의 징계위원회 소집은 불가능한 것으로 알고 있었다.

그런데 또 다른 징계위원회라니?

"그건 커닝 건이었고요."

"그럼 이번은?"

"학교 폭력이랍니다."

"학교 폭력?"

"갑자기 학교 폭력요?"

어이없어하는 두 사람.

노형진은 핸드폰을 내밀어서 문자를 보여 주며 말했다.

"학교에서 결국 최악의 수를 선택하고 마는군요."

고윤주가 부담스러우니 아예 날려 버리겠다는 거다.

"으음."

"그렇다면 제대로 싸워 줘야지요. 이것으로, 봐줄 수 있는 시기는 지났습니다."

이것이 바로 세대 차이

학교폭력위원회.

학교 내에 문제가 생기면 규정에 따라 이루어지는 일종의 행정적 과정이다. 학교폭력위원회에서 조사하고 처벌을 결정하고 진행한다.

'그런데 그걸 열었다 이거지.'

너무 뻔하게 보이는 상황.

그나마 다행인 건 지난번에 노형진에게 당해서 그런지 이번에는 제대로 된 형태를 갖추고 보호자를 불러서 처벌을 진행하기 시작했다는 것이다.

물론 고윤주의 보호자는 노형진이다.

원래는 고윤주의 부모님이 일을 쉬는 한이 있어도 나오겠다고 했지만 사실 이런 경우는 나와 봐야 그다지 도움도 안될뿐더러 도리어 학교 측에 휘둘릴 게 뻔하기 때문에 노형진이 나선 것이다.

"저는 진짜로 아무도 안 괴롭혔어요! 진짜예요."

"알고 있으니 걱정하지 마. 저쪽은 어떻게든 자신들이 보호하는 학생들의 성적을 지키기 위해 저러는 거야."

'그리고 자신들의 비밀을 감추기 위해서이기도 하겠지.'

상위 계층의 성적을 유지시키기 위해서 문제를 유출했다는 사실이 터져 나가면 학교는 심각한 상황에 처하게 된다.

이건 단순히 학교의 명예에 관련된 문제만이 아니라 학교가 교육부의 감사 대상이 된다는 걸 의미한다.

'그리고 대부분의 감사는 단순히 한 영역에서 끝나지 않지.'

이런 문제가 터져서 감사가 시작되면 문제의 유출뿐만 아니라 금전의 출납 등등도 조사받게 된다.

'한국에서 교육이 장사의 대상이 된 건 오래전 이야기고.'

교장뿐만 아니라 교감, 이사회까지 아마 온갖 비리로 모가지가 날아갈 건 당연한 일.

그러니 교장으로서는 어떻게 해서든 고윤주를 퇴학시켜서 자신들의 문제 유출 사실을 감춰야 한다.

"고윤주 양에 대한 학교폭력위원회를 시작하겠습니다."

살벌한 분위기에서 시작된 회의.

"이번 회의에서는 피해자를 보호하기 위해 피해자의 증언만을 공개할 예정이며, 피해자에 대한 소환은 이루어지지 않을 겁니다. 동의하십니까?"

교장은 작심한 듯 노형진을 바라보면서 말했다.

'그래도 나름 법률 전문가의 조언을 받은 모양인데.'

대부분의 학교는 이런 학폭 문제로 회의할 때 피해자를 가해자들과 대면시켜서 압박받게 한다.

그래서 학교 폭력 해결 전문 로펌으로 소문나 있는 새론에서는 방어권을 주장하면서 피해자를 현장에 오지 못하게 하고 있다.

그렇다면 교장은 그 사실을 알고 피해자를 부르지 않은 걸까?

'교장이 그걸 알고 있을 리는 없고.'

교장이 법률적 과정을 자세히 알 리는 없고, 자신들이 이 학교에서 학교 폭력으로 이런 회의를 한 기록도 없다.

'그러면 변호사를 사서 우리를 공격할 준비를 했다는 건데.'

노형진은 그런 교장을 보며 혀를 끌끌 찼다.

물론 많이 준비할 것은 예상했다. 그 증거로, 자신이 있는 건지 교장의 눈동자는 이글거리고 있었다.

"일단 이번 사건의 개요는 이렇습니다. 고윤주 학생은 지난 1년간 학교 내에서 고아원 출신 아이들을 엮어 폭력 조직을 결성, 많은 아이들에게 금전을 요구하고 폭력을 행사하면서 학교 내부의 면학 분위기를 저해했습니다. 인정하십니까?"

"인정 못 합니다."

"하지만 이미 다수의 피해자들의 증언이 있었습니다. 보다시피 피해 학생만 무려 스무 명이고 피해 금액은 족히 천만 원이 넘습니다."

"저는 그런 적이 없어요!"

"윤주 학생, 지금 여기 공식 석상이에요! 윤주 학생은 조용히 있어요!"

억울함에 당장이라도 울 것 같은 표정이 되는 고윤주.

노형진은 손으로 그런 그녀의 등을 두드려 주면서 진정시켰다. 그러면서 소리를 지른 선생에게 어이가 없다는 듯 말했다.

"공식 석상이니까 말해야 하지 않을까요? 윤주 학생의 방어권을 보장하지 않는 겁니까?"

"그건……."

그 말에, 괜히 나섰다가 반박당한 선생은 입을 다물었다.

노형진은 시선을 돌려서 교장을 바라보았다.

"일단 이 진술서를 확인해 봐도 될까요?"

"네."

노형진의 질문에 교장은 당당하게 고개를 끄덕거렸다.

'흠, 진술서는 깔끔하군. 아주 깔끔해. 장난하나?'

진술서가 깔끔한 것은 아주 큰 문제다.

노형진은 수많은 학폭 사건을 해결했다.

그래서 그 과정에서 어마어마한 진술서를 받아 봤다.

하지만 단 한 번도 이렇게 완벽한 진술서는 본 적이 없다.

'한두 개가 아니라 모두 완벽한 형태로 되어 있네.'

문제는 그 진술서의 형태다.

사람은 아는 만큼 쓴다. 그래서 진술서를 작성하는 방식이 사람에 따라 다른 형태를 띤다.

그런데 수많은 사람들이 작성한 진술서들이 이토록 비슷하다라…….

"이것 참…….."

"보다시피 진술서에 따르면 폭력 조직을 구성해서 금품을 갈취한 행위는 무려 1년 동안 계속되었습니다."

교장의 말에 마치 호응이라도 해 주려고 하는 듯 흥분하는 학부모 대표.

"그러니까 고아원 새끼들은 받아 주는 게 아니라고 했잖습니까? 돈도 없는 새끼들이 어떻게 돈을 쓰고 다니겠습니까? 네? 우리 애들한테 빼앗아서 쓰는 거 아닙니까?"

"우리가 왜요! 우리는 가난한 거지 범죄를 저지르는 건 아니라고요!"

고윤주는 억울한 마음에 외쳤지만 그녀가 말하는 진실은 이미 저들에게 중요한 게 아니었다.

"잘하는 짓이다. 어린놈의 새끼들이 벌써부터 갈취나 하고 다니고 말이야."

"아니라니까요!"

"아니긴 뭐가 아니야? 고아원에 있는 새끼들 미래야 뻔하지. 학교 그만두고 어디 룸살롱에서 몸이나 굴릴 년들이."

말을 막 하는 학부모 대표를 보던 노형진은 긴 한숨을 내쉬었다.

"그만하시죠."

"뭐요?"

"지난번 감금이랑 모욕 고소장, 아직 못 받으셨습니까?"

그 말에 학부모 대표는 움찔했다. 이미 고소받아서 조사 중이었으니까.

"이거야 원."

노형진은 머리를 긁적거렸다.

물론 이렇게 나올 가능성이 있다고 생각은 했다.

하지만 그들은 노형진의 예상을 뛰어넘었다.

'질 더럽게 안 좋네. 이런 새끼들이 무슨 선생이고 학부모야?'

학교 폭력으로 학폭위 결정? 예상은 했다.

하지만 고아원 애들을 엮어서 압박을 가한다? 이건 솔직히 예상하지 못했다.

'누군지는 모르지만 상당히 많이 노력했어.'

이렇게 고아원까지 엮어서 압박을 가하면 고윤주가 받을 스트레스는 아주 어마어마할 것이다.

그리고 그러한 스트레스는 당연히 성적의 하락으로 나타날 수밖에 없다.

'학교 측은 손해 볼 게 없지.'

그 성적 하락을 증거로 삼아서 '봐라, 갑자기 성적이 하락하지 않았느냐. 이게 바로 커닝의 증거다.'라고 주장해도 되고, 그렇게까지 하지 않는다 해도 성적이 떨어진 이상 윤주가 진학 반에 들어오지 못하게 된다는 기본 목표는 무조건 달성한다.

'물론 그 과정에서 고아원에 속한 애들은 철저하게 버림받 겠지.'

부모들은 거리를 두라고 할 테고 아이들은 고통받을 게 뻔 하다.

"그래서, 하실 말씀이 있습니까?"

교장은 자신 있다는 듯 말했다.

하긴, 자신이 있을 만하다. 진술서가 이렇게 체계적이라는 건 이미 자신들의 말대로 움직일 학생들을 뽑아서 입을 맞췄 다는 걸 의미하니까.

'더군다나 이런 경우는 진술서가 아주 강력한 증거가 된단 말이지.'

학교 폭력이라는 게 그렇다. 장기간 오래 조금씩 이루어지 는 거라 증거를 모으거나 하는 데에 한계가 있다.

그렇다 보니 진술서가 가지는 증거능력이 아주 강력하게 인정되는 사건 중 하나다.

더군다나 피해자가 한두 명도 아니고 스무 명이나 된다?

이 정도면 조사에 들어가면 무조건 확정이라고 봐도 무방 하다.

"하실 말씀이 없으면 바로 징계 과정으로 들어가도록 하지요."

교장은 노형진이 가만히 있자 자신들이 승리했다고 생각해서 그런지 얼굴에 미소를 가득히 띠었다.

하긴, 지금 노형진에게 쓰는 방법은 새론에서 쓰는 방법이다. 그러니 파훼할 수 없다고 생각하는 거다.

물론 노형진이 봤을 때 그건 그의 꿈에 지나지 않았다.

"교장 선생님."

"네, 말씀하세요, 노형진 변호사."

변호사님도 아니고 변호사란다.

"보니까 저희 측 판례를 열심히 분석하셔서 이렇게 하시는 거 같은데."

"누가 그럽니까? 우리는 규정을 지키는 겁니다, 규정을!"

"아, 뭐, 그건 그렇다고 치고요."

노형진은 머리를 북북 긁었다.

규정? 지키는 건 좋다. 하지만 그가 잊어버린 게 있었다.

"저희 쪽 사건을 조사해서 저희한테 적용한 건 좋은데요. 한 가지를 잊어버리셨네요."

"그게 무슨 말입니까?"

"무슨 말이긴요."

노형진은 씩 웃으며 말했다.

"애초에 저희 새론은 이딴 학교폭력위원회를 절대 믿지 않는다는 거 말입니다."

"뭐라고요?"

그 말에 다들 움찔했다. 학교폭력위원회를 믿지 않는다니?

"우리가 학폭위에 변호사를 보내는 이유는 학폭위에서 문제를 해결할 거라 기대해서가 아니라, 애초에 학폭위가 범죄를 가리기 위해서 존재하기 때문입니다. 그리고 그 과정을 거쳐서 피해자에게 낙인을 찍는 게 학폭위의 최종 목적이죠."

가해자의 처벌? 화해? 그딴 건 다 개소리다.

대부분의 학폭위는 가해자를 강제로 용서하도록 피해자를 압박하는 용도다.

"학폭위는 단 한 번도 피해자를 위해 열린 적이 없습니다."

학교의 명예를 위해서.

앞날이 창창한 가해자를 용서하도록 강제하기 위해서.

그게 대한민국 학폭위의 현실이다.

"그래서 우리는 학폭위에 참석은 할지언정 학폭위를 믿지는 않습니다."

"그 말대로라면 지금 하시는 말씀은 불리한 거 아닙니까? 고윤주가 이번 사건의 주범입니다만."

노형진은 그 말에 고개를 절레절레 흔들었다.

"제가 하는 말의 핵심을 잘못 짚으셨군요."

"뭐요?"

"학교가 가해자다."

노형진은 학폭위에 있는 교장과 선생들 그리고 학부모 대표들을 바라보면서 말했다.

"우리가 학폭위에서 싸울 때는 언제나 같은 생각으로 임합니다. '학교가 가해자다.'라는."

"그게 무슨⋯⋯?"

"그리고 지금도 그건 마찬가지이고요."

학교가 가해자고, 그들은 자신들의 죄를 덮으려고 한다.

그게 학폭위의 본질.

"그러니 이 자리에 참가했다고 해서 우리가 학폭위의 결정에 따를 거라고 생각하셨다면 오산입니다."

"하, 그러니까 우리의 결정에 못 따르겠다?"

"네."

"그래서 어쩌자는 겁니까?"

"어쩌긴요, 끝까지 가야지."

"그러시지요. 그렇다면 경찰에 정식으로 고발하겠습니다."

교장은 자신 있게 말했다.

하긴, 미리 모든 준비를 해 놨으니 자신 있을 것이다.

아마도 이쪽에서 인정하지 않으면 형사 고발을 할 생각이었을 것이다.

형사 고발까지 가면 고윤주의 멘탈은 박살 날 테니까.

"아, 고발하세요."

"노, 노 변호사님?"

"윤주야, 걱정하지 마. 이미 답은 다 정해져 있으니까. 이

이것이 법이다

건 우리가 이겨."

노형진은 웃으면서 다정하게 윤주를 진정시켰다. 그리고
고개를 돌려서 교장을 바라보았다.

"저희 새론은 이런 문제에 대해 끝장을 보는 타입이지요."

"그래서요?"

"학폭으로 고발하고 수사해서 고발 내용이 사실로 밝혀진
다면 우리가 처벌받는 거고, 아니라면……."

노형진이 거기까지 말하고 잠깐 침묵을 지키는 그때, 갑자
기 문이 벌컥 열리면서 당황한 선생님 한 명이 안으로 들어
왔다.

"교, 교장 선생님…… 지금 밖에……."

"지금 학교폭력위원회 중입니다. 한 선생, 자중하세요."

"그게…… 바깥에……."

"바깥에 뭐요?"

"기자들이 왔습니다."

"뭐요?"

교장은 그 말에 얼이 나갔다. 기자라니? 갑자기 기자라니?

"기자들을 제가 불렀습니다. 진실이 밝혀지면 둘 중 하나
는 죽어야 하는 상황 아닙니까?"

노형진은 씩 하고 웃었다.

"쫄리면 뒈지시든가요."

실시간으로 굳어 가고 있던 교장을 보며 노형진은 느긋하

게 말했다.

"기자라니. 고작 학교 폭력 사건에 기자가 왜 온 거죠?"

민시아 변호사는 이해가 되지 않는다는 듯 물었다.

물론 종종 학교 폭력이 기사화되는 경우는 있지만 그건 어디까지나 피해자가 자살하거나 극단적 선택을 하는 경우이지 지금 같은 상황은 기사화될 이유가 없다.

"노 변호사님이 불렀다고 해도 이렇게 대대적으로 올 리가 없는데?"

민시아는 몰려드는 엄청난 협조 요청에 깜짝 놀라 노형진에게 물어볼 수밖에 없었다.

"아, 지금 저랑 학교는 캐삭빵 중이거든요."

"캐삭빵?"

"게임에서 쓰는 말입니다. 캐릭터 삭제 빵. 그러니까 지는 놈은 모든 걸 잃어버리는 치킨 게임 중이라는 거죠."

"이해가 안 가는데요?"

이 싸움에서 진다고 해서 모든 걸 잃어버리는 건 아니다.

그런데 캐삭빵이라니?

"언론에서 저랑 새론을 별로 안 좋아하는 건 아시죠?"

"알죠."

이것이 법이다

"그런데 이번에 우리가 가해자 변론을 담당하게 되었습니다. 그동안 우리가 담당한 건 주로 피해자였는데 말이지요."

"그런데요?"

"만일 우리가 가해자를 담당해서 그를 지켜 낸다면, 우리 새론의 당위성은 어떻게 될까요?"

그 말에 민시아는 바로 알아차렸다.

언론은 새론을 싫어한다. 그리고 새론의 추락을 누구보다 원한다. 하지만 그렇게 할 방법이 없다.

그런데 갑자기 노형진이 가해자를 담당했다가 패배한다면?

"선량한 학생을 보호한다는 우리의 당위성이 사라지는군요."

"맞습니다. 새로운 언론법은 거짓말을 막으려는 거지 있는 걸 말하지 말라는 건 아니거든요."

노형진과 새론이 범죄자를 옹호하다가 패배했다.

그들이 주장하던, 수많은 학교 폭력에서의 정당성은 사라졌다.

그들은 부패한 변호사다. 돈만 된다면 가해자들을 위해서 무슨 짓이든 할 수 있는 그런 변호사다.

그렇게 물어뜯을 수 있는 건수가 생기는 거다.

"언론 입장에서는 제발 우리가 져 달라고 하늘에 빌고 있을걸요, 후후후."

"그런데 학교가 지면요?"

"학교가 져도 상황이 조금 달라질 뿐입니다. 어차피 기자들 아닙니까? 이슈 타고 언론에서 물어뜯어서 조회 수를 빨아먹을 수만 있다면 뜯어먹히는 대상이 꼭 우리여야 할 필요는 없지요."

학교에서 사건을 조작해서 학생에게 죄를 뒤집어씌우려고 했다, 그 조작을 위해 학교 전체가 달라붙었다는 뉴스가 보도될 것이다.

"과연 이게 조회 수가 얼마나 나올까요?"

"허, 그러네요. 어떤 결과가 나오든 언론은 조회 수가 엄청나게 나오겠군요."

"맞습니다."

언론사에는 무조건 이득이 될 수밖에 없는 사건이다.

"그러니 저렇게 득달같이 달려온 겁니다. 물론 현행법상의 문제 때문에 결과가 나올 때까지 공개는 못 하지만요."

결과도 나오기 전에 언론에서 떠들면서 사람을 사회적으로 매장하는 것이 심각하다 보니 재판을 하기 전에는 아예 기사화 자체가 막혀 버렸다.

애초에 법에서도 무죄 추정의 원칙이라고 해서 재판이 끝나기 전까지는 무죄로 보는데, 그동안은 정치적 계산으로 인해서 그걸 철저하게 무시했지만 이제는 그럴 수 없게 된 것이다.

"하지만 재판에서 이기면 상황이 달라지지요."

노형진이 이기든 학교가 이기든, 기자들은 아주 큰 떡밥을 가지게 되는 거다.

"하지만 이기실 수 있겠어요?"

민시아는 솔직히 걱정이 되었다.

"진술서가 스무 개나 된다면서요?"

"네, 정확하게 스무 개더군요."

"진술서가 스무 개면 그걸 뒤집는 게 쉬운 일은 아닐 텐데……."

더군다나 그 진술서 내용 자체를 부정할 방법이 쉽지 않다. 현장에 있었던 시기 같은 건 충분히 착각할 만한 사항이니까.

"아, 걱정 마세요. 이미 파훼가 끝났으니까."

"벌써요?"

"네. 받은 그날 끝났습니다."

노형진은 자신 있게 말했다.

"승리는 따 놓은 당상입니다, 후후후."

⚖️

재판은 빠르게 진행되었다.

아무래도 학생 사건인 데다 기자들이 관심을 가지고 있다는 특성상 경찰이 시간을 끌 만한 것은 없었다.

경찰에서 몇 번 조사를 하기는 했지만 애초에 이 사건은 조사할 만한 것도 없었다. 학교 측은 진술서를 기반으로 학교 폭력이 존재함을 주장하고 있었고, 고윤주는 억울하다고만 하는 상황이었으니까.

더군다나 재판이 길어지면 심리적으로 윤주가 압박받을

게 뻔하기에 노형진은 여러모로 힘써서 재판을 빠르게 진행시켰다.

"지금이라도 반성한다면 7호 처분 정도로 선처해 드리도록 하지요."

득의양양한 모습으로 말을 거는 검사를 향해 노형진은 어이가 없다는 듯 말했다.

"그럴 생각 없습니다만? 그리고 재판이 바로 코앞인데 그런 제안을 하시면 어쩌자는 겁니까?"

"기회를 드리는 겁니다만?"

"장난합니까, 7호 처분인데?"

7호. 고윤주는 미성년자다. 그래서 성인 법률이 아닌 소년법에 따라 처분받게 된다.

"그런데 7호 처분이면 의료 시설 위탁 아닙니까?"

쉽게 말해서 7호 처분이라는 건 고윤주를 정신이상자로 보고 인생에 낙인을 찍어 주겠다는 소리다.

"그게 무슨 선처입니까? 인생 조지겠다고 덤비는 거지."

"사건을 어떻게 뒤집으시려고요? 피해자가 무려 스무 명입니다, 스무 명!"

"그건 저쪽 주장이고."

"거참, 말 안 통하시네. 뭐, 별수 없군요. 그냥 10호 처분하겠습니다."

검사는 뻔뻔하게 말을 하며 재판정 안으로 들어갔다.

노형진은 그런 그를 보면서 혀를 끌끌 찼다.

그때 고윤주의 떨리는 음성이 들렸다.

"노…… 변호사님…… 저 감옥 가는 거예요?"

"응? 아니야. 감옥 안 가. 그냥 집에 가게 될 거야."

"하지만…… 검사님이…….."

"지금 검사가 널 흔들려고 하는 거야."

"네?"

"재판은 지금부터 시작이야. 당연히 관련 서류나 모든 준비가 끝났지."

그 말은, 검사가 구형하려고 하는 처벌 수준 역시 나와 있다는 소리다.

"말장난이지."

고윤주가 겁을 먹고 죄를 인정하게 되면 자신이 요구한 처벌을 쉽게 받아 낼 수 있을 테니까.

"개 같은 새끼. 미성년자한테 그런 수작질을 걸어?"

노형진은 이를 뿌드득 갈며 고윤주를 진정시켰다.

"걱정하지 마. 절대 지지 않을 테니까."

"믿을게요."

"믿어. 이미 내가 파티 하려고 한우 사 놨다."

"한우요?"

"그래. 이따가 집에 가서 구워 먹자."

"하지만 우리 집은…….."

그녀의 집은 보육원이다. 아무리 승리한다고 해도 혼자서 고기를 구워 먹을 만큼 그녀는 염치가 없지 않다.

물론 그걸 노형진도 알고 있었다.

"걱정하지 마. 소 한 마리 통째로 사 놨으니까."

걱정하는 고윤주를 다독거리며 안으로 들어간 노형진.

그리고 재판이 시작되었다.

사실 재판 내용 자체는 특별할 게 없었다. 왜냐하면 진술서가 '아주 잘' 준비되어 있으니까.

'검찰 쪽도 이쪽도 어떤 증거도 없다 이거지.'

때렸다는 증거도 갈취했다는 증거도 없지만 피해자의 피해 진술서가 있다.

그리고 이쪽에는 그걸 부정할 수 있는 특별한 증거가 없다.

'이런 경우는 대부분 이쪽이 불리하기는 하지.'

하지만 노형진은 이미 이 상황을 해결할 방법을 찾아 둔 상황이었다.

"증거에서 보다시피 피고 고윤주는 학교 내 폭력 조직을 구성하여 압력을 가하고 학생들에게서 금전을 갈취했습니다. 그 때문에 많은 피해자들이 발생되었고……."

뻔하다면 뻔한 내용의 검사의 공격.

하지만 검사는 자신 있었다. 그럴 만하다. 완벽하게 구성된 스무 개의 진술서가 있으니까.

"이상입니다."

공격이 끝난 검사가 뒤로 물러나자 이제 변론하기 위해 노형진이 앞으로 나섰다.

다들 노형진이 진술서의 약점을 잡아서 물어뜯을 거라 생각했다. 재판에서는 그게 가장 기본이니까.

하지만 던져지는 노형진의 말은 생각지도 못한 것이었다.

"재판장님, 증인을 소환해도 됩니까?"

"증인요?"

"네."

"하지만 변론도 하지 않은 상태 아닙니까?"

"증인신문으로 변론을 대체하고자 합니다."

이미 노형진은 증인으로 관련자들, 즉 진술서를 낸 스무 명의 피해자들을 신청해 둔 상황이었다.

그래서 이미 그들이 여기에 와 있었다.

"음…… 규정 위반은 아니기는 하지만……."

보통은 변론하고 나서 보충하기 위해서 증인신문을 한다. 그런데 다짜고짜 증인신문이라니.

"어차피 이번 사건의 핵심은 진술서 아닙니까? 사건을 길게 끌고 갈 이유가 없지요."

저쪽이나 이쪽이나 진술서 하나에 매달리는 상황이다.

"알겠습니다. 첫 번째 증인은 누구로 하시겠습니까?"

"오고광 학생으로 하겠습니다."

잠시 후 오고광은 눈치를 보며 증인석에 앉은 뒤 쭈뼛거리면서 선서했다. 그리고 그 모습을 부모님들이 분노에 찬 얼굴로 지켜보고 있었다.

'하긴, 열 받을 만하지. 자기 자식이 학교에서 학교 폭력을 당했다는데 말이야.'

그런데 자기들은 까맣게 모르고 있었다고 생각할 테니 부모님들은 노형진과 고윤주를 죽이고 싶은 기분일 것이다.

'금방 후회로 바뀌겠지만.'

노형진은 증인석에 있는 오고광에게 다가갔다.

"자 자, 증인. 아니다. 이러면 부담이 될지도 모르겠네요. 학생이라고 불러도 되겠습니까?"

"그러세요."

판사도 미성년자를 압박하는 게 좋진 않다고 생각했는지 순순히 고개를 끄덕거렸다.

"오고광 학생, 그래서, 이 진술서를 모두 오고광 학생이 쓴 게 맞습니까?"

"네."

"제가 진술서를 한번 읽어 보지요. '해당 사건은 고윤주가 학생들을 모집해서……'."

긴 시간을 들여 처음부터 끝까지 진술서를 다 읽은 노형진은 다시 한번 확인하듯이 물었다.

"이걸 본인이 쓴 게 맞습니까?"

"맞아요. 제가 쓴 거예요."

"그래요? 그러면 필적을 비교해 봐도 될까요?"

"그게 뭔데요?"

노형진의 말에 오고광은 겁에 질려서 물었다.

노형진은 씩 웃었다.

"글씨의 형태를 비교해도 되느냐 말입니다."

"네······."

노형진은 그렇게 말하면서 힐끔 방청객석에 있던 교장을 보았다.

득의양양한 모습. 확실히 오고광이 쓰기는 한 모양이다.

'오고광이 쓰기야 했지. 아니, 쓰기만 했겠지. 아마 완벽하게 사건 상황에 맞춰서 쓰느라고 고생 좀 했을 거야.'

노형진은 연필을 가지고 와서 몇몇 단어를 쓰게 했다. 그리고 필적을 확인했다.

확실히 필적은 맞았다. 하지만 이 필적은 애초에 사건의 해결 포인트가 아니었다. 도리어 필적 확인은 오고광이 도망갈 길을 막기 위해 한 일이었다.

노형진은 오고광에게 질문을 던졌다.

"오고광 학생."

"네?"

"당일이 뭡니까?"

"네?"

"당일이 뭐냐고요."

"아, 음…… 그게……."

단어에 대한 단순한 질문. 그러나 오고광은 그 질문에 대답을 하지 못했다. 그러자 다들 이게 뭔 상황인가 하는 표정으로 노형진을 바라보았다.

노형진은 두 번째 질문이 던졌다.

"그러면 갈취는 뭐죠?"

"네?"

"갈취 말입니다. 갈취가 뭐라고 생각하십니까?"

"음……."

"그러면 당시라는 말은 뭔지 아십니까?"

"……."

"왜 그걸 모르실까요? 아, 혹시 대답해 주려는 분이 계신다면 하지 마세요. 사건과 관련된 질문이니까."

다들 단어에 대해 질문하는 노형진의 모습에 어리둥절한 표정이 되었다. 노형진은 계속 질문을 이어 갔다.

"그러면 도주는 뭡니까? 선납은 뭐죠? 방관은 뭐죠?"

"……."

제대로 대답하지 못하는 오고광의 얼굴이 점점 어두워지자, 판사는 이게 뭐 하는 건지 이해가 가지 않는다는 듯 노형진을 바라보았다.

그리고 다음 순간에, 노형진이 왜 그런 질문을 던졌는지 듣고는 소름이 돋았다.

"이상하군요."

"뭐…… 뭐가요?"

"이건 오고광 학생이 진술서를 쓰면서 직접 선택한 단어들입니다. 아까 읽어 드렸잖습니까?"

"……!"

"자신이 쓴 단어가 무슨 의미인지도 모르는데 어떻게 쓴 겁니까?"

그 말에 어두워지던 얼굴이 반전해서 하얀색으로 탈색되어 버리는 오고광.

그리고 그보다 몇 배는 더 하얗게 변해 가는 교장과, 이게 뭔 상황인지 이해가 안 된다는 표정을 짓고 있는 검사와 판사.

"재판장님, 현재 학생들의 어휘력은 저희 때와는 많이 다릅니다. 요즘 학생들의 어휘력이 과거에 비해 많이 부족하다는 것은 연구의 결과로 드러나고 있습니다."

"그래요?"

판사는 어리둥절한 표정으로 되물었다. 그건 그도 몰랐던 사실이니까.

"그런데 이 단어들을 보시면 말입니다, 모두 이 오고광 학생이 쓴 것이라고 주장하고 있습니다만 정작 학생 본인은 그 단어가 무슨 뜻인지조차 전혀 모르고 있네요."

당일이라는 건 그날을 의미한다.

그런데 보통 요즘 학생들은 그때라는 표현을 많이 쓴다.

갈취 역시 그냥 빼앗아 갔다 정도로 쓰지 한자로 된 단어는 잘 쓰지 않는다.

도주는 도망가다, 선납은 먼저 제출하는 것, 방관은 모른 척하는 행동 등등.

"요즘 아이들이 쓰지 않는 단어죠. 그런데 이 단어들을 알지도 못하면서 어떻게 진술서를 이렇게 작성할 수 있었을까요?"

"흠……."

판사의 얼굴에 의심이 깃들자 검사도 뭔가 잘못되었다는 걸 알아차렸다.

'그렇겠지. 이런 단어는 판검사들에게는 익숙한 단어니까.'

사실 판검사들의 세대만 해도 이런 단어를 쓰는 게 이상할 게 없다. 그러니 이런 진술서를 받았다고 해도 이상함을 느끼지 못하고 그냥 넘어갔을 것이다.

자신들 세대에서는 자연스러운 단어 선택이니까.

"그런데 오고광 학생은 이런 단어를 모르는 상태에서 썼습니다. 세상에 의미도 모르는 단어를 활용한 문장을 쓸 수 있는 사람은 없습니다. 아마 단어의 존재 유무도 몰랐던 거 같은데, 그게 가능할까요?"

"……."

"즉, 증인은 지금 신성한 법정에서 위증을 하고 있는 겁니다."

노형진의 공격에 오고광은 벌벌 떨기 시작했다.

"감옥에 갈 짓은 하지 말아야지요."

살짝 압력을 가할 생각으로 감옥 이야기를 꺼내자 오고광은 바로 돌변했다. 강한 척해도 결국 아이는 아이였다.

"아니에요. 진짜예요. 제가 하고 싶어서 한 게 아니에요, 엉엉엉. 선생님이 시킨 대로 적은 것뿐이에요, 엉엉엉."

감옥이라는 말에 오고광은 잔뜩 겁에 질려서 상상도 못 한 말을 했고, 다들 얼굴이 굳어 버렸다.

"다시 한번 말해 볼래요?"

"선생님이 부르는 대로 그냥 적으라고 했어요. 그래서 시키는 대로 적은 것뿐이에요."

"이런 미친……."

"돈 거 아냐?"

모두들 황당한 눈으로 교장을 바라보았고, 교장은 어쩔 줄 몰라 했다. 그리고 삽시간에 분위기가 바뀌었다.

노형진은 속으로 회심의 미소를 지었으나 겉으로는 태연하게 물었다.

"그래요? 선생님이 뭐라고 하던가요?"

"선생님이, 시키는 대로 안 하면 학교 평가를 최악으로 준다고 했어요, 엉엉엉. 부모님한테 말하면 학교에서 쫓아낸다고 했어요. 잘못했어요. 제가 이게 감옥에 갈 일이라고는 생각 못 했어요. 저는 그냥 선생님이 불러 주신 대로 쓴 것뿐이에요."

"아…… 아니 그게, 저기……."

교장은 도망가려고 했지만 이미 부모님들이 그를 포위하

고 무서운 눈빛으로 노려보고 있었다.

"흠, 그렇군요. 그러면 다음 증인들, 아니 한꺼번에 물어 보죠. 혹시나 선생님이 시키는 대로 한 사람?"

그 말에 잠깐 침묵이 흐르더니 한 아이가 손을 들었고, 그걸 시작으로 한 명 두 명 손을 들더니 끝내 남은 열아홉 명 모두 손을 들었다.

"야, 이…… 미친 거 아냐?"

"사진 찍어."

"교직자 맞아?"

생각지도 못한 대형 떡밥에 기자들은 신나게 사진을 찍기 시작했고, 사건을 담당하던 검사조차도 어이가 털려 나갔는지 의자에 앉아서 입을 쩍 벌리고 있었다.

"재판장님, 더 이상 재판을 진행할 이유가 없다고 생각합니다만?"

노형진의 말에 판사는 고개를 끄덕거렸다.

"이 자리에서 바로 결심하겠습니다. 피고 고윤주는 무죄입니다."

노형진은 확실한 답을 받고 몸을 돌려서, 얼떨떨한 얼굴이 되어 있는 고윤주에게 다가가 안아 주며 말했다.

"고생했다. 이제 안심해도 된다."

그 말에 고윤주는 노형진의 품에서 울음을 터트렸다.

"어떻게 안 건가, 요즘 애들은 그런 단어 모른다는 걸?"

김성식은 신기하다는 듯 노형진에게 질문을 던졌다.

"얼마 전에 뉴스에서 봤습니다. 그래서 혹시나 해서 고아원 쪽에 동의를 얻어서 물어보니까 대부분이 그런 단어의 의미를 모르더군요."

즉, 그 아이들 세대 자체가 잘 안 쓰는 단어라는 거다.

"불러 준 선생들이야 자기 세대에 익숙한 단어이니 학생들도 그러리라 생각했겠지만, 시대가 바뀌었거든요."

시대가 변하면 사상이 변하듯 글이나 단어 역시 의미가 바뀌거나 다른 단어로 대체 사용된다.

"예를 들어서 당장 신의 한 수라는 말만 해도 옛날에는 없었던 말입니다."

"어? 그거 흔하게 쓰는 말이 아닌가?"

"맞습니다. 다들 최고의 선택을 신의 한 수라고 하죠. 그런데 그거 생긴 지 얼마 안 된 단어입니다. 애초에 발단은 만화였고요."

"허? 그랬나?"

"네."

그렇듯 시대도, 단어도 바뀌는데 선생은 그걸 감안하지 못하고 자신이 불러 주는 대로 쓰라고 한 것이다.

"그걸 불러 주는 대로 쓰는 게 뭐 어렵겠습니까? 고등학생쯤 되면 받아쓰기 하는 건 그다지 어렵지는 않은 일일 겁니다."

그러나 그게 걸렸고 학교는 발칵 뒤집어졌다.

"단어에 대해 학생들이 질문을 안 한다고? 모르는 단어인데?"

김성식은 고개를 갸웃했다. 자신이라면 처음 듣는 말이라면 질문할 테니까.

하지만 노형진은 안 할 거라고 예상했다.

"선생들이 위증하는 데에 호기심이 많거나 정의감이 강한 애들을 쓸까요? 스무 명 중 한 명만 입을 열어도 인생 조지는데."

"아…… 그렇겠군. 시키는 대로 하는 타입의 아이들만 선별했겠어."

"맞습니다. 3년간 같은 학교에서 지내야 하는 학생들입니다. 어떤 아이들이 그런 성향을 가지고 있는지, 선생들은 쉽게 알아낼 수 있지요."

그런 아이들을 구분해서 겁주고 허위 고소를 하게 한다.

그들은 나름 머리를 잘 쓴 것이다.

"질문을 하지 않으니까 당연히 학생들도 아는 단어라고 생각했을 테고."

김성식은 혀를 끌끌 찼다.

"그나저나 어쩐 일로 오신 겁니까?"

"아, 맞다. 이거 주러 왔네. 그쪽 감사 기록 보고서야."

"아, 그래요?"

학교는 예상대로 발칵 뒤집어졌다.

선생이 학생을 협박해서 죄를 뒤집어씌우는 도구로 사용하여 허위 고소를 하게 만든 사건이다. 그런 사건을 그냥 넘어갈 수는 없는 노릇.

당연히 대대적인 감사가 시작되었다. 그것도 지역 교육청이 아니라 교육청 본청에서 말이다.

"개판이더군. 자네 예상이 맞았어."

진학반에 대한 특혜가 있었다. 노형진의 예상대로 중간고사나 기말고사 등에서 미리 문제를 제공하고 풀이해 줘서 높은 성적을 받을 수 있게 해 줬던 것이다.

당연히 그 아이들의 내신을 높여 주기 위해서였다.

"그리고 모의고사도 문제를 유출했더군."

"그랬겠지요. 학교 시험은 잘 보는데 모의고사만 죽 쑤면 이상하니까."

그렇게 성적을 관리하고 내신 등급을 높이고 온갖 핑계로 상장을 주고 교장이 추천서를 써 준다면, 수능에서 조금 실수한다고 해도 추가 점수를 받아서 좋은 대학에 입학이 가능하다. 진학반에 들어올 정도라면 애초에 공부 못하는 아이들은 아닐 테니까.

"그런데 고윤주는 그런 걸 모르던 아이니까 진학반에 들어왔다가 그걸 이상하게 생각하고 신고할까 봐 두려웠던 거야."

즉, 고윤주가 성적이 급상승해서 정보가 새어 나갈 상황이 되자 학교 측은 선택지가 없어진 것이다.

"그 때문에 도리어 학생들은 인생이 끝장난 것 같더군."

명백한 부정행위이니 당연히 그들이 봤던 모든 시험은 0점 처리가 될 것이다.

그렇게 된다면? 좋은 대학에 가는 건 글렀다.

"자업자득입니다."

노형진은 피식 웃으며 말했다.

"그리고 본의 아니게 윤주는 전교 1등이 되었네요."

조작된 성적들이 모조리 날아갔으니까.

"안 그래도 대룡에서 고윤주가 대학에 가게 된다면 전액 장학금을 제공한다고 하더군."

회사 내의 자원봉사 단체가 발견해 낸 사건이니까.

"다행이네요. 윤주가 가족들과 함께할 수 있는 순간이 더 가까워지겠습니다. 대학 등록금도 적은 돈이 아니니."

"그래, 다행이지……. 하지만 씁쓸하네. 이런 짓거리를 하는 학교가 한두 곳이 아닐 것 같아서 말이야."

"그러게 말입니다."

공정하지 못한 사회는 학교에서부터 시작이었다.

"언제부턴가 스승은 없고 공무원만 있는 세상이 되어 버렸어."

오늘따라 김성식의 한탄이 아쉽게 느껴지는 노형진이었다.

다음 권으로 이어집니다

만렙닥터

13월생 현대 판타지 장편소설

리턴즈

인생 2회 차 경력직 신입
칼솜씨도, 인성도 '만렙'인 의사가 돌아왔다!

만성 인력난에 시달리는 흉부외과에 들어온 인턴
메스도 잡아 본 적 없는 주제에
죽을 생명을 여럿 살려 내기 시작한다?

"이 새끼, 꼴통 맞네."
"죄송합니다."
"잘했어!"
"네?"

출세만을 좇으며 살았던 전생
이렇게 된 이상 인생도 재수술 한번 가자!

무데뽀(?) 정신으로 무장한 회귀 의사
이제부터 모든 상황은 내가 집도한다!